« MIRACLE ! »

Sarah fit pivoter les baguettes du parchemin, les yeux rivés sur les mois hébreux inscrits au début de chaque chapitre : Shevat et Adar... Adar et Nisan... *Elle s'arrêta.* Nisan et Iyar. *Voilà ce qu'elle cherchait. Quatrième cycle lunaire, avril dans le calendrier occidental. Son regard se promena au hasard des lignes :* Seule l'Élue souffrira comme elle n'a jamais souffert. *Seule ? À mon avis, on est deux, se dit-elle. Qui était donc cette mystérieuse Élue ? En tout cas, l'Élue semblait avoir beaucoup de points communs avec elle. À commencer par la disparition de leurs frères respectifs fin janvier. Elle se replongea dans sa lecture.* À l'heure la plus noire de l'adversité, l'Élue sera sauvée. *Tant mieux pour elle, ricana Sarah. Enfin bon, peut-être serait-elle sauvée, elle aussi. Peut-être se réveillerait-elle dans son lit et découvrirait-elle que le chaos qui s'était abattu sur la planète n'avait été en réalité qu'un affreux cauchemar.*

Au bas de la page, une série de nombres se terminait par 99 : arbah ehhad tisheem v'teyshah. *À l'évidence, il s'agissait d'une date : 1.4.99.*

Une seconde... Le premier, c'est aujourd'hui, *réfléchit-elle.*

— Sarah ! Sarah ! Viens voir ! C'est un miracle !

Elle redressa la tête. Ibrahim dévalait la dune en titubant.

— Un bateau ! *s'écria-t-il, fou de joie.* Nous sommes sauvés !

DANIEL PARKER

Daniel Parker est l'auteur de plus de vingt romans pour enfants et adolescents. Il vit à New York avec sa femme, son chien et un chat psychotique dénommé Bootsie. Il est du signe du Lion. Quand il n'écrit pas, il parcourt infatigablement le monde dans l'espoir vain de devenir une star de rock-and-roll. À ce jour, il a notamment composé plusieurs morceaux de blues pour le film The Grave *(mettant en scène un Anthony Michael Hall « gonflé » à bloc) et donné une série de concerts de rap à Hong Kong devant un public philippin époustouflé. M. Parker a autrefois travaillé dans une crémerie. Il a été licencié.*

Daniel Parker

COMPTE À REBOURS

AVRIL

**Traduit de l'américain
par Maud Godoc**

Éditions J'ai lu

Titre original :
COUNT DOWN-APRIL
Published in the U.S. by Aladdin Paperbacks, an imprint
of Simon & Schuster, Children's Publishing Division, N.Y.
Pour la traduction française :
© Éditions J'ai lu 1999

À Lacey

L'Antique Parchemin
des Scribes

Au deuxième cycle lunaire,
Pendant les mois de Nisan et d'Iyar,
En l'an 5759,
Le soleil se montrera de nouveau.
La vie jaillira de la Terre et la recouvrira.
La clairvoyance des Prophètes sera restaurée.
Mais un faux prophète
Se lèvera dans le Nouveau Monde.
Aidé et soutenu par les serviteurs du Démon,
Il entretiendra les Prophètes
Dans l'illusion de ses pouvoirs magiques.
Seule l'Élue souffrira
Comme elle n'a jamais souffert.
La mort la courtisera,
Lui fera miroiter le repos éternel.
Le Démon revêtira une forme humaine
Et s'avancera parmi les justes et les malfaisants.
Vu sans être vu. Entendu sans être entendu.
Son nom sera dissimulé dans un nom,
Comme les funestes secrets
Sont dissimulés dans ce parchemin.
Les serviteurs du Démon prépareront sa venue.
Et à l'heure la plus noire de l'adversité,
L'Élue sera sauvée.

Redoutant une fin pourrie,
Effrayant un porc avec des hymnes
Le mauvais œil répand la terreur
Sur la boîte rouge et l'atlas.
1.4.99.

Le compte à rebours a commencé…

Le long sommeil est terminé.

Pendant trois mille ans j'ai patiemment observé et attendu. Les Prophéties ont annoncé le jour où le soleil jaillirait et toucherait la terre — où mon sommeil prendrait fin, où mon arme antique s'animerait, où ma gloire assoupie rayonnerait de nouveau sur la planète et ses peuples.

Ce jour est arrivé.

Mais il ne peut y avoir de victoire sans combat. Toute civilisation, à travers les légendes les plus variées, illustre ce même noyau de vérité : le bien requiert le mal ; la rédemption requiert le péché.

Je ne suis donc pas seul. L'Élue m'attend. L'éruption solaire a permis la clairvoyance des Visionnaires, ceux qui peuvent rallier l'Élue pour empêcher l'avènement de mon règne. Mais s'ils veulent me vaincre, ils doivent d'abord comprendre le sens de leurs visions.

Car chaque vision n'est que la pièce d'un puzzle, un puzzle destiné à former un tableau… que je briserai en éclats pour recomposer l'image de mon choix.

Je suis prêt. Mes serviteurs aussi. Ils ont fait le nécessaire pour plonger les Visionnaires dans la confusion — prologue au temps glorieux où le compte à rebours s'achèvera et où mon arme antique annoncera une ère nouvelle.

Mes serviteurs ont déclenché le fléau qui a réduit la population de la terre à une horde d'adolescents terrorisés. Aucun de ces enfants ne sait comment ni pourquoi leurs aînés et leurs cadets ont péri.

Et ce n'était que le début.

Mes serviteurs se sont rendus maîtres du chaos. Ils subvertiront les Prophéties dans le dessein de transformer les masses en esclaves ignorants. Ils traqueront les Visionnaires, un par un, jusqu'à leur extermination totale. Ils élimineront les descendants des Scribes afin qu'aucun des Visionnaires ne prenne connaissance du parchemin. Les codes secrets demeureront secrets. Des calamités abominables et des catastrophes naturelles dévasteront la terre. Même l'Élue sera sans défense contre moi.

Je vaincrai.

PREMIÈRE PARTIE
Avril

1er avril 1999

CHAPITRE UN

Avril

Immeuble administratif,
Seattle, Washington,
9 h 30.

— Plus vite ! Plus vite ! Plus vite !

Les ambiances bizutage, très peu pour moi, se dit Ariel Collins, l'esprit embrumé. Allongée sur le dos, un tuyau en caoutchouc dans la bouche, elle déglutissait à un rythme d'enfer. Mais comment espéraient-ils qu'elle se concentre avec ces braillements stupides ? D'abord, elle avait déjà un sérieux coup dans le nez. Et en prime, elle sentait monter un irrépressible fou rire. Ce n'était vraiment pas le moment. Surtout ne te marre pas, Ariel…

Raté ! Au même instant, elle s'étrangla. Le liquide pétillant et tiède reflua dans son œsophage. Elle partit d'un grand éclat de rire et recracha en toussant un jet de bière qui aspergea ses vêtements. Un concert de huées résonna à ses oreilles.

— Perdu !

Bon, assez rigolé, se dit-elle en roulant sur le flanc. Avec toute la dignité qu'elle put rassembler, elle s'assit tant bien que mal sur la moquette crasseuse jonchée de canettes vides et repoussa les mèches dégoulinantes qui lui tombaient sur le nez. Elle avait d'horribles picotements dans les yeux. Sans doute le soleil matinal. Oui, c'était sûrement ça. Il y avait beaucoup trop de lumière dans ce hall.

— Arrête, Caleb ! protesta-t-elle entre deux éclats de rire. J'ai de la bière qui me coule par le nez !

Planté au-dessus d'elle, Caleb Walker essayait de lui fourrer à nouveau le tuyau dans la bouche. Hilare, il essuya une main dégoulinante sur le seul T-shirt qu'il possédait, une loque noire qui laissait deviner ses côtes saillantes.

— Pourquoi ? La bière, c'est bon pour le nez, rétorqua-t-il avec un sourire innocent. Et pour les cheveux aussi. Profites-en, on est à court de shampooing.

Ariel tenta de le foudroyer du regard et ne parvint qu'à s'esclaffer. C'était dingue : ce clown de Caleb avait le don de la faire marrer. Caleb… Elle aurait pu se pâmer pendant des heures devant son sourire railleur et ses beaux yeux bleus. Comme eux tous, il ressemblait de plus en plus à un sac d'os et, pourtant, elle le trouvait chaque jour plus craquant. Son grand corps sec et nerveux avait un petit côté… sexy. Surtout avec cette longue tignasse brune à la Iggy Pop. Mais plutôt mourir que d'aller lui avouer ces niaiseries.

Caleb la toisa d'un air faussement autoritaire.

— Depuis quand c'est toi qui décides ?

— Au cas où tu l'aurais oublié, banane, c'est moi qui ai fabriqué ce génial appareil. Donc c'est moi qui décide comment on l'utilise, O.K. ?

Malgré les moqueries de ses compagnons, Ariel n'était pas peu fière de son invention. Pour la première fois de sa vie, elle avait créé quelque chose d'utile de ses propres mains. Il avait suffi d'un vieil entonnoir et de deux mètres de tuyau d'arrosage. Un coup de génie. Trevor — que cette ordure rôtisse en enfer ! — aurait été content de sa petite sœur. Lui qui se vantait toujours d'être le cerveau de la famille. Comme s'il y avait de quoi se vanter de potasser à longueur de journée des manuels d'ingénierie militaire au lieu de rigoler avec les copains…

Si Ariel avait construit cet entonnoir, c'était avant tout pour oublier. Oublier l'horrible réalité. Oublier son cinglé de frère, la mort atroce de son père et aussi sa rupture avec Brian qui avait quitté la ville et n'y remettrait sans doute jamais les pieds. Et le meilleur moyen d'oublier, c'était l'alcool. À doses massives.

— C'est peut-être toi qui l'as fabriqué, rétorqua Caleb d'un ton narquois, mais de nous tous, tu es la seule à ne pas être foutue de s'en servir !

Ariel se creusa la cervelle pour trouver une réplique détonante. Sans succès. Elle était tout juste capable de le fixer, la bouche ouverte comme une carpe hors de l'eau. Pitoyable. Elle avait besoin de sommeil. Plus qu'un peu. Elle jeta un coup d'œil au reste du groupe : Marianne, Jared, Cynthia et Robin. Avec leurs cheveux sales, leurs yeux hagards et leurs sourires nerveux un peu trop figés, ils commençaient à ressembler à des clones. Un triste quatuor de zombies. Et elle ne valait sans doute guère mieux…

— Encore un petit coup ? demanda Caleb avec un regard tentateur en direction de l'entonnoir.

Ariel secoua la tête.

— Tu rigoles ! Je vais m'effondrer.

Elle se leva et cligna des yeux vers les immenses baies vitrées du hall inondé de lumière. Décidément, elle allait devoir se trouver un coin plus sombre. Et avec toutes ces canettes vides, ça commençait à puer ici.

— Tu n'as pas le droit de te dégonfler, protesta Robin en décapsulant une nouvelle canette.

Il arracha l'entonnoir des mains de Caleb et y versa le liquide. La mousse ambrée se répandit sur la moquette. Ariel leva les yeux au ciel. Bon d'accord, Robin picolait depuis soixante-douze heures d'affilée, mais même à jeun, il avait du mal à percuter. Caleb redressa le tuyau à la hâte et boucha l'ouverture avec son pouce.

— Ah bon ? Et pourquoi ? demanda Ariel d'un ton sec.

— Parce que c'est mon anniversaire.

— Quelle bonne blague ! C'était il y a deux jours !

Un sourire de défi passa sur les lèvres de Robin.

— Je sais, mais je n'ai pas dormi. La fête bat encore son plein. Donc, en principe, c'est toujours mon anniversaire, non ?

Ariel le dévisagea d'un air navré.

— D'accord… Maintenant, je comprends ce que racontait Caleb.

Robin fronça les sourcils.

— Quoi donc ?

— Je leur racontais que tu avais triplé ton C.P., intervint Caleb. Rends-toi à l'évidence, Robin, tu penses pas comme nous.

— Dis plutôt qu'il pense pas du tout, ajouta Ariel avec un sourire narquois.

Robin haussa les épaules.

— Au cas où vous l'auriez oublié, je suis le seul à avoir mon bac ici, bande de nuls. Et comme y a plus de lycée et que vous passerez jamais d'exams, ça veut dire qu'aucun de vous n'atteindra jamais le niveau que…

Il laissa sa phrase en suspens.

— Eh, le savant, tu nous fais une crise ? se moqua Caleb.

Robin secoua la tête, les yeux écarquillés.

Ariel fronça les sourcils. Il en tenait vraiment une bonne. Il vacillait sur ses jambes. Soudain, il lâcha l'entonnoir et un jet de bière lui inonda les pieds. La canette lui glissa des doigts et tomba dans la flaque de mousse.

— Eh, attention, t'en mets partout ! bougonna Caleb.

Robin avança d'un pas chancelant. Il ne souriait plus. Ariel le dévisagea de plus près. Il se passait quelque chose d'anormal. Il avait le visage écarlate. Une terreur intense se lisait dans son regard. Il y eut un gargouillement sinistre au fond de sa gorge…

Ariel se plaqua les mains sur la bouche. Oh ! non ! Ça recommençait ! Une traînée noire apparut à l'encolure du T-shirt de Robin et grimpa jusqu'à sa pomme d'Adam. Caleb s'approcha de lui.

— Robin ?

À une vitesse fulgurante, la traînée se propagea sur le reste de son corps. Ses bras et ses mains noircirent à vue d'œil dans un atroce grésillement.

Non, non, non ! Ariel voulut reculer, mais l'épouvante la clouait au sol. Un jet de sang jaillit de la bouche de Robin.

— Robin ! hurla Cynthia, terrorisée.

Mais il était déjà trop tard. Le corps de Robin se ratatina et se liquéfia sous les yeux horrifiés de ses compagnons.

En quelques secondes, ce fut fini. Seuls restaient ses vêtements dans une petite flaque de boue noirâtre, mêlée de bière et de sang.

— Ce… n'est pas… normal, bafouilla Caleb, la voix vibrante d'angoisse, les yeux rivés sur la flaque. On venait de fêter ses… dix-neuf ans !

Personne n'ouvrit la bouche. Prise de vertiges, Ariel s'assit sur la moquette. Le drame qui venait de se produire la dépassait. Ç'avait été trop rapide, trop irréel. Caleb avait raison. Robin n'aurait pas *dû* mourir. L'épidémie ne frappait que les moins de seize ans et les plus de vingt et un ans. Ils avaient vu assez de morts pour le savoir, des dizaines dans ce seul immeuble. L'épidémie gagnait-elle en virulence ? Après tout, personne n'en connaissait les mécanismes. Peut-être était-elle en train de se rapprocher, de les cerner…

— Il avait menti, dit soudain Jared dans un souffle.

Ariel arracha son regard de la flaque encore fumante.

— Quoi ?

— Robin nous avait menti. En fait, il venait d'avoir vingt et un ans, répéta Jared, livide.

— Qu'est-ce qui lui a pris ? gémit Marianne, en larmes.

Jared haussa les épaules.

— Il… euh… j'en sais rien. J'ai jamais osé lui demander. J'imagine que j'étais le seul à savoir.

— Moi, je me doutais qu'il était plus vieux, fit remarquer Cynthia d'une voix blanche. Vous connaissez la blague qu'on racontait sur lui au lycée. Tout le monde le charriait toujours en disant que les profs finiraient par lui donner le bac avant qu'il atteigne l'âge de la retraite.

— Ça explique tout, dit Ariel.

— Quoi donc ? demanda Jared.

Ariel se mordit la lèvre, puis baissa à nouveau les yeux sur la moquette.

— Il devait savoir qu'il allait mourir. Voilà sans doute pourquoi il ne voulait pas que la fête s'arrête. Comme si… vous le connaissiez mieux que moi, mais je parie qu'il voulait partir en beauté, sans filer les jetons à tout le monde. Et puis il avait peut-être raconté ce mensonge tellement de fois qu'il avait fini par y croire vraiment.

Un silence pesant s'abattit à nouveau sur le hall. Ariel observa l'un après l'autre les visages angoissés de ses compagnons. Étaient-ils en proie au même conflit intérieur qu'elle ? D'un côté, la mort de Robin l'avait bouleversée et de l'autre, elle était soulagée qu'il n'ait pas eu dix-neuf ans. Ouf, elle avait encore quelques années à vivre. Cette attitude était égoïste et cruelle, Ariel ne le niait pas, mais c'était une façon d'exorciser sa peur, de retarder l'échéance.

— Vous savez ce qu'il nous reste à faire, déclara-t-elle.

Tous les cinq échangèrent des regards graves. Sans un mot, ils formèrent un cercle autour de la dépouille de Robin.

— Robin Currin était notre ami, commença Ariel d'un ton solennel.

— Robin Currin était notre ami, répétèrent les autres.

— Vas-y, commence, murmura-t-elle à Jared.

Il hocha la tête, la gorge serrée, puis se pencha et ramassa une chaussette poisseuse.

— Ce que j'aimais… euh… chez Robin, c'était sa tchatche à toute épreuve. Je vais garder cette chaussette en souvenir de Robin.

— Robin Currin était notre ami, reprirent-ils tous en chœur.

Il y eut un silence. Ariel fit signe à Cynthia.

La jeune fille renifla. Après une hésitation, elle se pencha à son tour et saisit la montre dégoulinante de Robin entre le pouce et l'index.

— Je… euh… j'aimais beaucoup de choses chez Robin. Mais… euh… ce qui m'avait marquée, c'était qu'il était toujours en retard.

Elle eut un rire forcé qui se coinça dans sa gorge.

— Je… vais garder cette montre en souvenir de Robin, acheva-t-elle dans un souffle.

— Robin Currin était notre ami, psalmodia à nouveau le groupe.

Une larme roula sur la joue d'Ariel. C'était bizarre. Avant, elle évitait les cérémonies comme la peste. La religion et elle, ça faisait deux et elle s'était toujours débrouillée pour échapper à la messe du dimanche. Les prières et les cantiques, tout ce cinéma, la mettaient mal à l'aise. Mais face à l'épidémie, elle ressentait le besoin désespéré de se raccrocher à un rituel d'adieu, afin que la mémoire de chaque victime demeure vivace dans le souvenir des vivants jusqu'à la désintégration du dernier d'entre eux.

— À toi, Caleb, murmura-t-elle.

Il s'éclaircit la gorge.

— Je… je… bafouilla-t-il.

Ariel retint son souffle. Caleb s'essuya les yeux. Ses mains étaient agitées de violents tremblements. Il fit un pas en avant, puis s'immobilisa.

— Vas-y, l'encouragea Ariel avec gentillesse.

Mais Caleb demeura muet.

— Allez, qu'est-ce que tu préférais chez Robin ? insista-t-elle.

Caleb secoua la tête. Sans un mot, il tourna les talons, fonça vers la porte de l'immeuble et disparut dans le soleil du matin.

Quatrième cycle lunaire

Satisfaite, Naamah inspira une longue bouffée d'air pur, tandis que ses fidèles s'égaillaient entre les arbres et embrasaient de leurs torches les amas de brindilles. C'était la première fois qu'elle voyait les immenses forêts d'Amérique du Nord. La première fois qu'elle admirait l'éveil du printemps dans ces vastes contrées encore sauvages. Avec ce soleil qui mouchetait le sous-bois à travers les cimes, le spectacle était magnifique. Seul le bruissement des toges noires troublait le silence... jusqu'à ce que le crépitement des flammes se mue en grondement sourd.

Le moment était venu.

— Que Sa splendeur illumine les ténèbres ! s'écria-t-elle.

— Gloire à Lilith ! Que Son règne arrive ! répondit d'une seule voix le Lilum rassemblé en cercle autour d'elle.

— Ses ailes noires s'abattront sur l'humanité et ses lèvres rouge sang embrasseront l'univers ! poursuivit Naamah.

— Gloire à Lilith ! Que l'homme périsse par Sa main !

Elle regarda les flammes monter à l'assaut des arbres et les tourbillons de fumée noire s'élever vers le ciel. Bientôt, ces forêts ne seraient plus qu'un brasier infernal. Et tout passage serait impossible. Sur le globe tout entier, les Visionnaires seraient...

Une main se posa sur son épaule.

— Notre œuvre est accomplie, murmura une voix derrière elle. L'hélicoptère est prêt.

Naamah se retourna et reconnut Amanda, la prêtresse de l'Ohio. C'était elle qui avait choisi cet endroit et réglé tous les préparatifs. Elles s'étaient rencontrées pour la première fois à l'aube, mais Naamah en savait déjà beaucoup sur elle. La confrérie d'Amanda avait à elle seule éliminé une centaine de Visionnaires. Un nombre impressionnant.

Amanda se prosterna avec déférence devant Naamah. Ses longs cheveux noirs s'échappèrent de son capuchon et lui tombèrent dans les yeux.

— Relève-toi, lui ordonna Naamah.

L'adepte obéit et l'entraîna loin des flammes, jusqu'à une clairière où attendait l'hélicoptère, prêt à décoller.

Naamah s'arrêta à la lisière de la forêt.

— Tu as fait du bon travail.

Amanda baissa les yeux.

— Merci. Mais…

— Je sais à quoi tu penses, la réconforta la grande prêtresse. Ne t'inquiète pas au sujet de ce garçon et de cette fille qui t'ont échappé à Jackson. Ce ne sont que des gosses apeurés et égarés. Crois-moi, ils se jetteront tôt ou tard dans nos filets.

Autoroute 64,
Lexington, Nebraska,
11 h 35.

JOHN Porter n'était pas du genre à croire au Père Noël. Mais en cet instant, il avait le sentiment d'avoir un bol de tous les diables. Pour commencer, il avait trouvé cette Coccinelle noire sur la rive du lac de Shelbyville. Il avait tiré le gros lot. Elle était quasiment neuve et le réservoir contenait encore un demi-plein. Un vrai miracle. Rodé comme il l'était, il ne lui avait pas fallu plus de dix secondes pour forcer la portière et mettre le contact.

Et quelle chance d'avoir appris à nager l'été dernier au centre de détention pour jeunes délinquants ! S'il avait pu se douter qu'un jour il remercierait les flics de Pittsburgh ! S'ils ne l'avaient pas tanné pour qu'il apprenne la brasse, à l'heure qu'il est il tiendrait le crachoir aux poissons au fond du lac... Mais il avait vu tellement de trucs bizarres ces trois derniers mois qu'il préférait ne pas trop réfléchir aux caprices du destin. Rien que de penser à ce qui avait failli arriver la semaine passée, il avait envie de gerber. Mieux valait oublier tout ça et apprécier le moment présent : peinard au volant de sa petite bagnole, sur cette autoroute déserte qui traversait les immenses forêts du Nebraska. Et puis il y avait Julia, endormie à ses côtés sur le siège du passager. Julia… La fille la plus mignonne et la plus cool qu'il ait jamais rencontrée. Et il sortait avec elle !

Il évita de justesse une carcasse de voiture rouillée au milieu de la route. Et en prime, plus d'adulte pour me prendre la tête ! songea-t-il avec satisfaction.

— Arrête ! hurla soudain Julia d'une voix stridente.

John sursauta, redoutant d'avoir pensé tout haut. Il glissa un regard vers le siège du passager. Julia avait les yeux fermés. Elle dormait d'un sommeil agité. Sûrement un cauchemar.

— Julia ?

Elle ne répondit pas. Son visage moite de transpiration était déformé par la souffrance.

— Julia, réveille-toi !

— Le Démon… marmonna-t-elle, les paupières toujours closes. Le Démon… arrive. Il faut que… je… l'arrête…

Une vision ! Les idées se bousculèrent dans l'esprit de John. Devait-il s'arrêter ? Non, impossible ! Il serra nerveusement le volant. Depuis qu'ils avaient échappé aux inondations, il ressentait à nouveau cette attraction irrésistible vers l'ouest. Julia aussi. Et puis, elle avait déjà eu des visions alors qu'il conduisait. Mais elle n'avait jamais crié comme ça…

— Le Démon ! hurla à nouveau la jeune fille. Le Démon est proche ! John !

— Pas de panique, murmura-t-il en s'efforçant de se concentrer sur la route.

À cet instant, un camion jaillit de nulle part devant la voiture. Nom de Dieu ! John eut le réflexe de braquer et évita de justesse le camion qui frôla la Coccinelle dans un vrombissement sinistre. Il jeta un coup d'œil dans le rétroviseur et n'y vit que ses yeux verts apeurés et ses mèches blondes en bataille.

Il revint sur la file de droite dans une embardée. Tout à coup, il se sentait moins sûr de lui. Il avait l'impression que la forêt qui les entourait allait se refermer sur eux.

— Ça va aller, Julia, murmura-t-il. Ça va aller.

— Pourquoi est-ce que tu ne cours pas ?

Courir ? Qu'est-ce qu'elle racontait ? D'habitude, les visions de Julia ne duraient pas aussi longtemps. Ce n'était pas normal. Elle aurait dû se réveiller.

Oh ! non !

Le sifflement familier commençait à faire vibrer ses tympans. Il s'amplifia jusqu'à devenir assourdissant.

Il faut que je m'arrête, songea John, affolé.

Il avait l'impression que sa boîte crânienne était sur le point d'éclater. Surtout ne pas paniquer. Il savait comment réagir, mais n'avait pas beaucoup de temps. Il voulut freiner, mais sa jambe refusa de bouger, comme s'il avait le pied pris dans des sables mouvants. Un voile noir opaque s'abattit sur ses yeux. Il avait à peine conscience de l'autoroute qui défilait sur les côtés.

— Julia… gémit-il. Julia, au secours…

L'Océan scintille sous la lune.

Il est magnifique et tranquille. Si tranquille qu'on dirait du verre.

La nuit est d'un calme absolu. J'entends les vagues qui viennent mourir doucement au pied de la falaise en contrebas.

Mais pourquoi cette peur qui plane autour de nous ?

Ma fille pleure. Ses yeux sont baignés de larmes. Je les regarde : un vert, un marron. Et je comprends. Le Démon est proche. Jamais il n'a été aussi proche… Pourtant, je ne le vois pas.

J'entends seulement son rire sardonique. Un rire qui fuse de toutes parts. Pourquoi ne montre-t-il pas son visage ? Je hurle :

— Viens, montre-toi !

— John, tu m'entends ?

John ouvrit les yeux d'un coup. Il ne savait plus où il était. Il voyait une sorte de… mur blanc éclairé par une étrange lueur rouge. Son cou lui faisait mal comme s'il avait un torticolis. Et ce poids sur ses genoux…

— Réveille-toi ! cria Julia. Je t'en supplie !

Sa tête tomba vers l'avant. Soudain, il comprit. Il avait perdu connaissance et sa tête avait basculé en arrière. Le mur blanc, c'était le plafond de l'habitacle. Juchée sur ses genoux, Julia avait pris le volant et s'efforçait d'atteindre la pédale de frein. Quant à la lueur rouge, c'était un gigantesque incendie à moins de cinq cents mètres devant eux. Le feu progressait dans leur direction à une vitesse ahurissante.

— Nom de Dieu ! hurla John. Julia !

La voiture s'arrêta dans un crissement de pneus. John fut projeté en avant, coinçant Julia contre le volant.

— Aïe !

— Désolé…

Il se cala contre le dossier et elle repassa tant bien que mal par-dessus le levier de vitesse.

— Ça va ? demanda-t-il dans un souffle.

Il tremblait de tous ses membres, encore sous le choc. Tout était allé si vite.

— Ça va, murmura-t-elle. Et toi ?

John hocha la tête sans conviction. Il regarda à nouveau en direction de l'incendie. Bon sang ! La forêt tout entière était en flammes ! Une muraille de feu se dressait devant eux à perte de vue, projetant une colonne de fumée noire sinistre vers le ciel. Bizarre, il ne se sentait plus aussi chanceux tout à coup.

— Qu'est-ce que c'est que ce truc ? D'où ça vient ?

— Je n'en sais rien. Quand j'ai ouvert les yeux, tu étais inconscient. Tu devais avoir une vision. Je me suis jetée sur le volant. C'est à ce moment-là que j'ai vu le feu.

John se tourna sans un mot vers Julia. Combien de temps avait-il été inconscient ? Une minute ? Dix ?

— Qu'est-ce qu'on fait ? finit-il par demander.

Julia le regarda avec gravité.

— Il faut faire demi-tour.

La gorge de John se serra.

— Ça veut dire qu'on ne va plus vers l'ouest.

— Je sais, John, répondit-elle, la mort dans l'âme. Mais on n'a pas le choix.

CHAPITRE TROIS
Avril

Un îlot dans la mer Rouge,
face à la côte égyptienne,
16 h 45.

SARAH était en train de mourir à petit feu. Elle en avait conscience. Recroquevillée dans la poussière sous l'épave de la carriole, elle tentait en vain de se soustraire aux rayons aveuglants du soleil. Le toit bâché s'était effondré sur les tapisseries et les débris de l'armature en bois. Juste à côté gisait la carcasse pestilentielle du cheval. Seul l'arrière du chariot était encore intact, mais l'ombre qu'il créait aurait à peine suffi à abriter un enfant. La peau brûlée des bras et des jambes de Sarah était constellée d'affreuses cloques rouges qui avaient commencé à suppurer.

— Je vais vouer mon âme à Satan ! hurla une voix hystérique.

Sarah ferma les yeux. Ignore-le, se répéta-t-elle pour la énième fois. Ignore-le…

Depuis cinq jours, elle se récitait cette litanie et elle était au bord de la crise de nerfs. Elle voulut humecter ses lèvres gercées. Sa langue desséchée s'agita dans sa bouche comme un poisson boursouflé hors de l'eau. De l'eau… Elle s'étrangla en déglutissant involontairement. C'était stupide de penser à l'eau. Elle le savait pourtant. Elle connaissait déjà la soif depuis son expédition mouvementée dans le désert du Sahara. Mais bien sûr, cette soif-là n'avait rien de comparable avec celle qui la torturait en ce moment. C'était comme une présence physique, un être malfaisant qui la vidait de ses forces et la prenait à la gorge. Depuis combien de jours n'avait-elle pas bu la moindre goutte ? Trois ?

— Sarah, tu m'entends ? Allah n'existe pas ! Satan est mon maître !

— Calme-toi, siffla-t-elle entre ses dents.

Elle se demanda qui elle détestait le plus : Ibrahim Al-Saif, le musulman fanatique qui prétendait être amoureux d'elle, ou Ibrahim Al-Saif le détraqué qui délirait à longueur de temps sur Satan et les feux de l'enfer. Au moins quand il la retenait prisonnière, il était calme et lucide. Mais depuis cet effroyable tremblement de terre qui les avait isolés sur ce bout de rocher au milieu des eaux, il perdait complètement les pédales.

— Sarah !

Des pas traînants s'approchèrent. Elle leva la tête et, les yeux plissés, scruta l'étendue rocailleuse qui miroitait sous le soleil. Oh ! non ! Ibrahim venait vers elle en titubant, avec pour tout vêtement son pantalon crasseux et déchiré. Adieu le look de top model ! Le richissime héritier d'United Petroleum n'était plus qu'une loque. Il se planta devant elle, le regard terne et hagard, son torse mince dégoulinant de sueur. Mon Dieu, offrait-elle un spectacle aussi pitoyable ?

— Je vais me suicider, lui lança-t-il dans un souffle.

Sarah le regarda sans un mot. Qu'était-elle censée répondre à ça ?

— Tu m'entends ? Je vais me jeter à l'eau ! Je vais nager vers l'ouest jusqu'à ce que les flots m'engloutissent ! Je *dois* aller vers l'ouest ! C'est Satan lui-même qui me l'ordonne !

— Écoute, tu n'as rien bu ou mangé depuis trois jours, marmonna Sarah d'une voix lasse, passant ses doigts tremblants dans ses cheveux humides. C'est normal que tu…

— Ma vie n'a plus aucun sens ! hurla-t-il, au supplice. (Sa voix se brisa.) Si je vais vers l'ouest, je…

— Tu vas te taire, oui ou non ? explosa Sarah. Cesse de me casser les oreilles avec tes divagations !

Elle arracha ses lunettes de son nez pour ne plus voir ce fou, et essuya rageusement les verres sur son T-shirt trempé.

Ibrahim garda le silence un moment. Puis il s'effondra sur les genoux et se prit le visage à deux mains, laissant échapper des sanglots étouffés.

— Je… Je suis désolé, gémit-il d'une voix étranglée. Je ne sais pas ce qui m'arrive…

Mais si, tu sais, se dit Sarah en remettant ses lunettes. Tu perds la boule.

Tout à coup, il leva les yeux et la fixa avec une insistance inquiétante.

— Et le parchemin ? Tu disais qu'il avait des pouvoirs ? Qu'il…

— Ibrahim, nous en avons déjà parlé ! l'interrompit-elle, excédée. J'ai lu le parchemin. Il n'y a rien là-dedans qui puisse nous aider. Rien du tout, pigé ?

Il la dévisagea d'un air hébété.

— Et le code ? Tu sais ? Ce code dont tu parlais…

— Tu veux trouver le code ?

Sarah se retourna comme une furie vers le chariot et glissa les mains sous une tapisserie crasseuse. Avec un grognement d'effort, elle en tira le rouleau de parchemin poussiéreux et le fourra sous le nez d'Ibrahim.

— Tiens ! Vas-y, cherche !

Il recula en toussant.

— Comment veux-tu que je fasse ? fit-il d'une voix plaintive. Je ne comprends pas…

— L'hébreu, finit-elle à sa place. Oui, Ibrahim, je sais. On dirait que nous sommes de retour à la case départ. Ça ne sert à rien, je te dis !

— Pourquoi n'essaies-tu pas encore ? l'implora-t-il. Tu avais prédit quand la pluie cesserait et tu avais raison. Peut-être que si tu regardais encore…

Sarah le foudroya du regard. Les supplications sans fin d'Ibrahim l'exaspéraient, et l'épuisaient. Tout ce qu'elle voulait, c'était qu'il se taise, qu'il s'en aille.

— Bon d'accord, je vais le lire, bougonna-t-elle après une longue hésitation. Mais à une condition : tu n'ouvres plus la bouche et tu me fiches la paix.

Un sourire victorieux se dessina sur les lèvres desséchées d'Ibrahim. Sans un mot, il se releva d'un bond, crapahuta jusqu'au sommet d'une dune et se laissa tomber dans la poussière face à la mer.

Sarah secoua la tête d'un air navré. Le pauvre était bon pour l'asile. Avec un soupir exténué, elle étala le fragile parchemin sur le sol et tourna les baguettes dans le sens inverse des aiguilles d'une montre, révélant l'océan familier de minuscules caractères serrés.

Une étrange nausée lui tordit l'estomac. Pourquoi avait-elle accepté ? Pourquoi se torturait-elle ainsi ? Elle détestait lire ce parchemin. Non qu'elle ne crût pas aux terrifiantes prophéties qu'il contenait. Au contraire. Elle n'y croyait que trop. Elle avait maintenant la certitude qu'elles se réaliseraient jusqu'à la dernière. Et à moins qu'il ne lui pousse des ailes, elle n'avait aucun moyen d'alerter ses semblables. Qu'espérait donc Ibrahim ?

Au moins, pour l'instant, il la laissait tranquille. C'était déjà ça. Elle fit encore pivoter les baguettes du parchemin, les yeux rivés sur les mois hébreux inscrits au début de chaque chapitre : *Shevat et Adar… Adar et Nisan…* Elle s'arrêta. *Nisan et Iyar.* Voilà ce qu'elle cherchait. Quatrième cycle lunaire, avril dans le calendrier occidental. Rassemblant ses maigres forces, elle entreprit de déchiffrer le texte. À nouveau, il décrivait des événements incompréhensibles censés se produire alors qu'elle était condamnée à une mort certaine sur cette maudite île.

Son regard se promena au hasard des lignes : *Le soleil se montrera à nouveau… la clairvoyance des Prophètes sera restaurée… Seule l'Élue souffrira comme elle n'a jamais souffert.* Sarah médita cette dernière phrase. Seule ? À mon avis, on est deux, se dit-elle avec une ironie amère. Qui était donc cette mystérieuse Élue ? Était-elle même un être humain ? En tout cas, l'Élue semblait avoir beaucoup de points communs avec elle. À commencer par la disparition de leurs frères respectifs fin janvier. La coïncidence était plus que troublante.

Elle se replongea dans sa lecture. Il était une fois de plus question du Démon, puis venait cette phrase : *À l'heure la plus noire de l'adversité, l'Élue sera sauvée.* Tant mieux pour elle, ricana Sarah. Enfin bon, si les coïncidences continuaient, peut-être serait-elle sauvée, elle aussi. Peut-être se réveillerait-elle dans son lit et découvrirait-elle que le chaos qui s'était abattu sur la planète n'avait été en réalité qu'un affreux cauchemar.

Au bas de la page, il y avait à nouveau une série de nombres se terminant par 99 : *arbah ehhad tisheem v'teyshah*. À l'évidence, il s'agissait d'une date : 1.4.99.

Attends une seconde… Le premier, c'est aujourd'hui, réfléchit-elle. Le tremblement de terre remontait à cinq jours, alors…

— Sarah ! Sarah ! Viens voir ! C'est un miracle !

Elle redressa brusquement la tête. Ibrahim dévalait la dune en titubant.

— Un bateau ! s'écria-t-il, fou de joie, agitant les bras en tous sens.

Il se mit à sautiller sur place comme un diable monté sur ressort, l'index braqué vers la mer.

— Un bateau ! Nous sommes sauvés !

Cette fois, ça y était, Ibrahim avait basculé. Il avait des hallucinations.

— Viens voir ! Dépêche-toi !

Rassemblant le peu d'énergie qu'il lui restait, Sarah rampa sous le soleil brûlant. Elle allait lui flanquer son poing en pleine figure. Oui, elle allait l'étaler raide et mettre fin au calvaire de ce pauvre garçon. Écrasée par la fournaise, elle se traîna jusqu'à la dune qui surplombait la mer.

Elle poussa un cri de surprise. Ibrahim n'avait pas menti. Il y avait vraiment un bateau ! Et pas n'importe quel bateau. Un paquebot ! Un imposant navire de croisière à ponts multiples.

Sous le choc, Sarah cligna des yeux à plusieurs reprises, histoire de s'assurer qu'elle n'était pas victime d'un mirage. Mais non ! Le bateau était toujours là, à environ cinq kilomètres au nord, glissant lentement sur les eaux calmes.

— Un miroir ! Quelque chose ! Vite ! Il faut signaler notre présence ! bredouilla Ibrahim, hystérique.

Sarah regarda vers le chariot. Rien que du bois et de la toile…

— Qu'est-ce qu'on va faire ? se lamenta Ibrahim.

— Un feu ! s'écria Sarah.

Oui, c'était la solution ! Ils n'avaient qu'à brûler le chariot. Il prendrait comme un rien. Seul problème : ils n'avaient ni briquet ni allumettes…

Ibrahim se creusa la tête un instant.

— Je crois que j'ai une idée, marmonna-t-il.

Il retourna à la carriole et arracha deux morceaux de bois à l'armature. Puis il les frotta l'un contre l'autre avec frénésie.

Le cœur de Sarah se serra. Oh ! non ! Le délire continuait. Ce genre de truc pour gosse ne marchait que dans les dessins animés ! Elle lança un regard désespéré en direction du bateau qui s'éloignait. D'ici cinq minutes, il serait hors de vue.

— Tes lunettes ! hurla Ibrahim. Donne-les-moi !

Elle pivota vers lui.

— Qu'est-ce que tu…?

— Vite !

Sarah les lui tendit sans discuter.

— Vise le soleil ! lui ordonna-t-il avec fébrilité. Et dirige le faisceau sur le point de contact des morceaux de bois !

Sarah s'exécuta. Deux cercles lumineux apparurent sur le bois. *Vise le soleil…* Il en avait de bonnes. Elle faisait de son mieux, mais elle tremblait trop.

— Arrête de bouger, grogna-t-il.

Sarah respira lentement. Il fallait qu'elle se détende. Il fallait qu'elle oublie la soif, la faim et la peur. Ibrahim continuait de s'escrimer… Soudain, un infime filet de fumée s'éleva d'un des cercles. Sarah écarquilla les yeux. L'endroit se mit à noircir.

— Ça marche ! murmura-t-elle, incrédule. Ça marche !

Une flamme minuscule jaillit. Ibrahim se baissa et, avec d'infinies précautions, tendit le morceau de bois sous un lambeau de bâche. Presque aussitôt, la flamme enfla et dévora la toile grossière. Il enflamma une autre torche improvisée et alluma plusieurs foyers tout autour du chariot. Une fumée grise s'éleva vers le ciel.

— Attise les flammes ! cria-t-il à Sarah.

Celle-ci serra les poings et prit une profonde inspiration d'air brûlant. Mais au moment de souffler, elle s'étrangla et manqua de s'affaler par terre, secouée par une quinte de toux.

À cet instant, une sirène mugit dans le lointain.

— Ils nous ont vus ! s'écria Ibrahim.

Sarah tendit le cou vers la mer. C'était incroyable ! Le paquebot avait jeté l'ancre ! Elle aperçut des signaux lumineux à la proue. Ibrahim avait raison ! Son regard tomba sur le parchemin à ses pieds. Vite, il fallait l'éloigner des flammes.

Soudain, elle se pétrifia.

La prophétie… *À l'heure la plus noire de l'adversité, l'Élue sera sauvée*. Et il y avait une date sous ce passage. La date d'*aujourd'hui*. Son estomac se noua. À l'instant même où elle avait lu ces mots, Ibrahim avait aperçu le bateau…

Seattle, Washington,
centre-ville.
18 h 15.

— CALEB, réponds-moi ! Où es-tu ? Caleb !

Ariel parcourait les rues de Seattle depuis des heures. Le soir commençait à tomber. Mais elle avait beau s'époumoner, ses appels restaient sans réponse. Ils résonnaient dans les rues désertes contre les parois vitrées des gratte-ciel abandonnés. Elle avait dû hurler son nom un millier de fois. Un million même. Et tout ce qu'elle entendait, c'étaient les chants des crickets et les gazouillis des oiseaux. Elle avait l'impression d'être dans un zoo. Elle n'avait vu âme qui vive de toute la journée. C'était bizarre. D'habitude, elle rencontrait toujours quelqu'un. Au minimum, un jeune paumé qui errait dans les rues comme un zombie. Là, personne. Où étaient-ils donc tous passés ? Où était Caleb ?

— Caleb !

Il faisait peut-être exprès de ne pas répondre…

Ariel se laissa lourdement tomber sur le bord d'un trottoir. Elle n'en pouvait plus. Elle avait les pieds et les jambes en compote. Les coudes calés sur les genoux, elle laissa pendre sa tête entre ses jambes.

— Reviens, Caleb, supplia-t-elle dans un murmure pathétique adressé au bitume.

Pourquoi lui faisait-il ça ? Un nœud douloureux se forma dans sa gorge. Elle n'arrivait pas à croire qu'il était vraiment parti. Impossible, elle le connaissait. C'était sûr, la mort de Robin lui avait flanqué la trouille. Ils en étaient tous au même point. Mais il adorait leur refuge. Il adorait leurs bringues non-stop, le petit univers sur mesure qu'ils s'étaient créé.

Si ça se trouve, il est déjà rentré, songea-t-elle soudain.

Mais oui, bien sûr ! Pourquoi n'y avait-elle pas pensé plus tôt ? Elle parcourait les rues comme une nouille au lieu de faire marcher ses méninges ! Une ombre de sourire passa sur ses lèvres. Et à cette heure-ci, tel qu'elle le connaissait, il était rond comme une queue de pelle. Elle ravala ses larmes et releva la tête.

— Caleb ! cria-t-elle une dernière fois, juste pour la forme.

Inutile de brailler. Il était rentré. Il faisait déjà presque nuit. Elle ferait mieux d'y aller elle aussi.

Ariel scruta l'avenue à la recherche d'un panneau. Mais tous les réverbères et les feux de signalisation avaient disparu sous une impressionnante végétation. La vache !... Jusque-là, elle avait été trop préoccupée pour y faire attention, mais cette ville commençait à lui filer les jetons. Surtout la nuit. Depuis la fin du déluge, Seattle se transformait peu à peu en forêt vierge. Ça poussait de partout, dans la moindre fissure du bitume. Ce n'était pas un zoo, mais une jungle...

— Ariel ?

Ariel se leva d'un bond. Caleb ?

— Par ici ! fit une voix au bout de l'avenue.

Elle distingua une longue silhouette maigre qui s'agitait sous un arbre. Malgré la pénombre, pas d'erreur possible.

— Caleb !

Elle se précipita vers lui, les bras tendus, fendant les mauvaises herbes qui lui arrivaient aux genoux. Tout à coup, elle se trouva stupide. Tu vois, grosse bête, se dit-elle, folle de joie, tu as fini par le retrouver. Pas la peine d'en faire tout un plat. En tout cas, à partir de maintenant, elle le tiendrait à l'œil. Elle allait lui sauter au cou et le serrer très, très fort. Ça lui ferait passer l'envie de se barrer.

— Salut, fit-il avec un sourire étonné. Je t'ai entendue crier. Qu'est-ce que tu fous ici ?

Ariel s'arrêta net devant lui.

— Comment ça, qu'est-ce que je fous ici ? J'ai failli devenir dingue ! Ça fait des heures que je cours partout !

Il haussa les sourcils.

— Ah oui ? Pourquoi ?

Ariel ne savait plus où se mettre. Quel accueil…

— Euh… pour rien. Enfin… je t'ai un peu cherché, c'est tout.

— Ah bon ?

Le regard de Caleb s'éclaira.

— Ariel, tu ne vas pas me croire. J'ai trouvé un endroit dément !

Elle le regarda avec perplexité.

— Caleb…

— Viens, je vais te montrer !

— Attends… Ça va ? demanda-t-elle d'une voix hésitante. Je veux dire… Tu te sens bien ?

— Génial ! répondit-il, radieux. Dépêche !

Il tourna les talons, mais Ariel le rattrapa par le bras.

— Une minute ! Et Robin ? Enfin… tu vas peut-être me trouver brutale, mais…

— Robin ?

— Ouais, Robin, répéta-t-elle en plongeant son regard dans le sien avec insistance.

Caleb haussa les épaules avec indifférence.

— C'est fini pour lui. Qu'est-ce que tu veux que je te dise ?

Ariel lui lâcha le bras, abasourdie.

— T'es raide ou quoi ?

Il éclata de rire.

— Non, je suis clair. Viens, je te dis, je vais te présenter. C'est juste au coin. Dès que tu verras l'endroit, tu comprendras.

Elle fronça les sourcils.

— Je comprendrai quoi ?

— Tout le monde est là, Ariel ! Toute la ville, sauf nous !

Ariel le dévisagea sans comprendre. Elle ne pigeait rien à son délire. Elle devenait dingue ou quoi ?

Non, c'est Caleb, se dit-elle après réflexion. Il lui était arrivé un truc pas net. On aurait dit qu'il avait subi un lavage de cerveau. Ou une lobotomie. Peut-être s'était-il fait mettre le grappin dessus par une de ces sectes qui vous font cracher tout votre fric et idolâtrer un milliardaire frappé qui croit aux ovnis. En tout cas, il avait l'air d'un illuminé…

— T'as pas répondu à ma question, finit-elle par dire.

Levant les yeux au ciel, Caleb la prit par la main et l'entraîna sans ménagement.

— Eh ! Lâche-moi !

Elle voulut se dégager, mais il ne desserra pas les doigts.

— Arrête, Caleb ! Je suis sérieuse !

— Chut, lui souffla-t-il. T'es vraiment gonflante.

Cette fois, c'en était trop. Ariel dégagea son bras d'un coup sec et s'arrêta net sur le trottoir.

— Au cas où tu l'aurais oublié, c'est toi qui as disjoncté et qui t'es cassé ce matin ! Le mec gonflant, c'est toi !

Caleb soupira sans ralentir le pas. Il marcha jusqu'au carrefour, se retourna vers Ariel et continua à reculons, agitant le bras vers un bâtiment dissimulé par l'angle de l'avenue.

Ariel resta plantée sur le trottoir.

— Viens, je te dis !

Les mâchoires crispées, elle le rejoignit de mauvaise grâce à travers le fouillis d'herbes folles. Il ne lui laissait pas le choix. Visiblement, il avait refoulé la mort de Robin. Le refoulement, elle en connaissait un rayon. En philo, elle avait eu A à l'interro sur l'introduction à la psychanalyse. En tout cas, pour qu'il se permît de la traiter comme ça, son truc avait intérêt à valoir le coup. Elle s'avança à l'angle de l'avenue en évitant le regard de Caleb.

— Tu vois ? s'exclama celui-ci, le bras tendu vers un gratte-ciel, à une cinquantaine de mètres.

Ariel poussa un cri de surprise. Le bâtiment ne différait en rien de ses voisins. À un détail crucial près.

Il y avait de la lumière aux fenêtres.

De vraies lumières. Pas des bougies ou des feux. Non ! Des ampoules électriques ! Et il y avait aussi du bruit. Un bruit très faible, très assourdi… Elle tendit l'oreille. De la musique ! Ce martèlement de basse… C'était sans doute de la house. Elle n'avait pas entendu de musique depuis le réveillon du jour de l'an. Bizarre, avant elle détestait la house. Mais là, c'était comme une mélodie céleste…

Une minute, se dit-elle soudain. Je connais cet endroit.

Bien sûr ! Elle faillit éclater de rire. C'était l'hôtel Sheraton, à l'intersection de la 6e et de Pike Avenue. C'était là qu'aurait dû avoir lieu le bal de fin d'année du lycée. Le bâtiment était presque méconnaissable avec toute cette végétation qui montait à l'assaut des parois, mais c'était bien le Sheraton…

Caleb lui reprit le bras et l'entraîna vers l'entrée.

— Moi aussi, quand j'ai vu ça, j'ai cru que j'avais une hallu. Mais attends d'être à l'intérieur.

Ariel le suivit, ébahie. Les questions se bousculaient dans sa tête. Qui vivait ici ? Qui avait rétabli l'électricité ? Un taré du genre de Trevor ? Ou peut-être même Trevor en personne ? Tout était possible. L'espace d'un instant, elle crut même comprendre le comportement étrange de Caleb. Rien que de regarder ce gratte-ciel, elle aussi se sentait bizarre.

— Comment est-ce qu'ils ont…?

— Il faut que tu rencontres Leslie. C'est elle qui m'a tout raconté. Tu vas l'adorer. Sérieux. Elle est… elle est… comme toi, dit-il avec tant d'enthousiasme qu'il butait sur les mots. Elle vient juste d'arriver, elle aussi. De Portland avec tout un groupe. Ils ont trouvé un générateur et l'ont réparé. C'est dingue, Ariel. Imagine, il y a même un jacuzzi ! Et écoute cette musique ! C'est la boîte de l'hôtel. La sono marche non-stop. Leslie dit qu'on peut avoir chacun sa chambre…

Un vrai paradis, se dit Ariel, méfiante. Bizarrement, plus Caleb s'extasiait, plus elle avait envie de le planter là. Tout ça semblait trop beau pour être vrai. Elle n'aurait pas su dire ce qui la dérangeait, sauf que c'était en rapport direct avec le brusque changement de comportement de Caleb. Comment avait-il pu oublier la mort de Robin ? Que lui avait donc fait la géniale Leslie ?

— On y est ! s'exclama Caleb qui poussa la lourde porte à tambour.

40

Ils débouchèrent dans un hall brillamment éclairé où tout n'était que luxe. Tout, à part les mômes débraillés avachis dans les fauteuils en cuir qui faisaient un peu tache dans ce décor élégant. Non loin du comptoir, une bonne trentaine de gamins se massaient autour d'une fille.

— La voilà, murmura Caleb.

Ariel se pétrifia. C'était une blague ou quoi ? Cette fois, c'était sûr, Caleb n'était pas bien dans sa tête. Cette nana ne lui ressemblait pas du tout. Pour commencer, elle avait de longs cheveux noir corbeau, style Famille Adams. Bon d'accord, elle était plutôt mignonne… mais dans le genre agressif et tape-à-l'œil. Un vrai look de garce. Elle portait une minijupe qui lui arrivait au ras des fesses sur des collants noirs ridicules à maille filet et un haut *très* moulant qui lui dévoilait le nombril. Ariel n'en revenait pas. Cette pétasse n'était pas du tout le genre de Caleb.

— Eh, Leslie ! appela celui-ci.

Elle tourna la tête vers eux. Son visage hâlé s'éclaira d'un sourire.

— Caleb !

Elle se dégagea de son cercle d'admirateurs en se tortillant, courut vers eux et sauta au cou de Caleb.

— Tu es revenu ! Génial, chéri !

Chéri ? Non, mais je rêve, fulmina Ariel.

Aux anges, Caleb lui plaqua un baiser fougueux sur les lèvres. Ariel en resta baba. Il venait juste de rencontrer cette grognasse et ils échangeaient déjà leurs postillons ?

Leslie se cambra avec nonchalance et sourit à Ariel en la sondant de ses grands yeux noirs au regard pénétrant.

— Et toi, tu es sûrement sa petite copine, dit-elle d'une voix chaude et mélodieuse. Je m'appelle Leslie. Leslie Arliss Irma Tisch.

C'était le bouquet ! Fous le camp en vitesse de cet asile de fous ! se dit Ariel, écœurée. D'où sortait donc cette pétasse prétentieuse ? Si elle-même avait eu un nom à rallonge aussi ringard — un nom atroce, en prime —, elle ne s'en serait pas vantée. Irma ? Ridicule ! Et puis, elle n'était pas la « petite copine » de Caleb. Petite copine, ça voulait dire quoi, d'abord ? En fait, elle se demandait même si elle voulait encore être amie tout court avec Caleb.

— Euh… c'est Ariel, marmonna Caleb pour meubler le silence.

Le sourire de Leslie s'élargit.

— Ariel comment ?

— Ariel tout court, lâcha-t-elle avec un regard noir à l'adresse de Caleb. Bon, il est temps de rentrer chez nous, tu ne crois pas ?

Caleb s'esclaffa d'un rire niais.

— Chez nous ? On n'a plus de chez nous depuis des mois !

— À l'immeuble administratif, précisa Ariel d'un ton aigre.

— Pourquoi vous ne restez pas plutôt ici ? proposa Leslie.

Ariel serra les mâchoires. Elle mourait d'envie de lui en coller une. Mais elle ne voulait pas causer de scandale. Non. Elle allait garder son sang-froid comme une grande fille bien élevée.

Devant sa tête d'enterrement, le sourire de Caleb s'évanouit.

— Où est le problème ?

— Le problème ? s'exclama Ariel d'un ton ironique.

Leslie laissa échapper un petit rire amusé.

— Enfin bon… tu fais comme tu veux. Viens, Caleb, t'as pas encore vu la boîte, je crois.

Avant qu'Ariel n'ait eu le temps d'ouvrir la bouche, Leslie entraîna Caleb d'un pas vif. Ils traversèrent le hall et franchirent une porte en chêne ouvragée près de la rangée d'ascenseurs.

— Caleb, attends ! lui cria-t-elle. T'en…

Le battant claqua.

Ariel n'en croyait pas ses yeux. Il avait osé la planter là ! Il n'allait pas s'en tirer comme ça !

Bouillonnante de rage, elle alla jusqu'à la porte et tourna rageusement le bouton en argent rutilant. Le battant resta clos. La mine renfrognée, elle fit une nouvelle tentative. Non, mais j'y crois pas, se dit-elle, écœurée. Impossible d'entrer ! Ces ordures avaient fermé la porte à clé !

DEUXIÈME PARTIE

DEUXIÈME PARTIE
Avril

Du 2 au 17 avril 1999

CHAPITRE CINQ

Avril

Hôtel Sheraton,
Seattle, Washington.
Matin du 2 avril.

C ALEB Walker n'avait pas l'habitude d'être aussi déboussolé. En général, le matin, il était patraque, mais côté cerveau, ça fonctionnait plutôt bien et il avait toujours le moral au beau fixe. L'alcool et la came plaquaient une banane perpétuelle sur son visage. Il préférait ignorer l'hécatombe encaissée par ses neurones et l'état de décomposition avancée de son foie. Quant à ses mains, elles tremblaient tellement qu'il arrivait tout juste à allumer une cigarette.

Mais pas ce matin. Aujourd'hui, il avait une pêche d'enfer. Surtout dans ce jacuzzi. Alors pourquoi ne parvenait-il pas à s'arracher le moindre sourire ?

Bon d'accord, il était un peu cassé. La nuit dernière, il avait agité sa carcasse comme un fou sur la piste de danse huit heures d'affilée. Et il était resté complètement clean. Cela ne lui était pas arrivé depuis des mois. Heureusement, il y avait le jacuzzi. Rien de tel qu'un bon bain chaud bouillonnant pour oublier les courbatures et les muscles endoloris. Waouh ! quel pied…

C'était tout au moins ce qu'il aurait dû se dire.

Profite, bon sang ! Il cala ses bras derrière sa tête contre le rebord carrelé de la baignoire, ferma les yeux et s'efforça de s'abandonner à la chaleur bienfaisante du soleil qui entrait à flots par la baie vitrée. Peine perdue. Impossible de se détendre. Et puis, il ressentait un vide bizarre et désagréable au creux de l'estomac. D'habitude, en fin de matinée, il avait une faim de loup. Il pouvait dévorer un paquet de céréales en deux minutes. Aujourd'hui, il n'avait pas du tout d'appétit. C'est la faute d'Ariel, songea-t-il avec amertume. Pourquoi avait-elle piqué sa crise ? Pourquoi avait-elle remis la mort de Robin sur le tapis ? Il avait presque réussi à l'oublier. Si seulement elle lui avait laissé le temps de s'expliquer…

— Caleb ?

Il ouvrit les yeux. Et son cœur faillit flancher.

Leslie se tenait devant lui avec pour tout vêtement le maillot de bain le plus minuscule qu'il eût jamais vu. Elle aurait pu tout aussi bien ne pas en porter. Il se força à regarder son visage. Seulement son visage. Mais c'était presque mission impossible. Cette nana avait un corps parfait. On aurait dit un top model tout droit sorti d'une revue en papier glacé.

— Je pensais bien te trouver ici, dit-elle avec un sourire enjôleur.

Elle se laissa glisser dans l'eau près de lui. Caleb remarqua alors qu'elle tenait un verre à la main. Un grand verre à cocktail rempli de jus de tomate, agrémenté d'une paille et d'un petit parasol en papier. Un bloody mary ! Caleb en eut l'eau à la bouche. Voilà qui lui redonnerait le moral. Ça faisait un bail qu'il n'en avait pas bu.

— Tu as bien dormi ? souffla Leslie.

Il hocha la tête. À vrai dire, il n'avait pas fermé l'œil de la nuit. Il était passé directement de la piste de danse au jacuzzi.

Mais à quoi bon entrer dans les détails ? Il était réveillé, c'était l'essentiel.

— Comme un bébé.

Elle lui tendit le verre.

— Tiens, je t'ai apporté ça pour ton petit déjeuner.

— Euh… merci.

Soudain, il eut conscience qu'il ne portait qu'un vieux caleçon miteux. Le reste de ses vêtements était en tas près de la porte. Bah ! la vodka du bloody mary l'aiderait aussi à oublier sa tenue peu reluisante… Il prit le verre d'une main maladroite, glissa la paille entre ses lèvres et but une longue gorgée. Aussitôt, il fit une grimace dégoûtée et recracha la paille en s'étranglant à moitié. Ce n'était pas un bloody mary. Ce truc avait un goût de poisson. Et il ne contenait pas une goutte d'alcool…

— Qu'est-ce qu'il y a ? Tu n'aimes pas le jus de tomate au nuoc-mâm ?

Histoire de se donner une contenance, il repoussa les mèches mouillées qui lui tombaient dans les yeux, tandis que sa pomme d'Adam jouait au yo-yo. Non, il n'aimait pas le jus de tomate au nuoc-mâm. Mais là n'était pas le problème. Le problème, c'était que ce goût infect l'avait pris en traître et que, maintenant, il avait l'air d'une bille.

— Ça va ?

— Ouais, ouais, marmonna-t-il en posant le verre sur le rebord carrelé derrière lui.

Il esquissa un sourire penaud.

— Je pensais juste que c'était… euh….

— Que c'était quoi ? demanda Leslie, qui paraissait beaucoup s'amuser.

— Je ne sais pas moi… Un bloody mary.

49

— Un bloody mary ? répéta-t-elle avec un rire moqueur. Dis donc, Caleb, tu commences fort la journée !

Il haussa les épaules avec embarras. *Si tu savais*, se dit-il en baissant les yeux, *je carbure à des trucs beaucoup plus costauds que le bloody mary*. Mais il jugea préférable de se taire. Son regard tomba sur son torse chétif. Ce spectacle pitoyable ne contribua pas à améliorer son humeur. Côté forme physique, ce n'était pas le pied. Ses muscles avaient fondu et il n'avait plus que la peau sur les os. Une peau flasque, blême et saturée d'alcool. C'était pathétique. Il se faisait penser à un de ces zombies dans une pub gouvernementale contre la toxicomanie : *Droguez-vous. Vous finirez comme lui !* Une vraie loque. Que lui était-il donc arrivé ? Avant, il jouait pivot central dans l'équipe de basket de son lycée. Il était *sportif*.

— C'était juste pour te taquiner, s'excusa Leslie. Désolée, je ne voulais pas...

— Non, non, tu as raison. C'est vrai, j'ai tellement l'habitude de commencer la journée avec un verre que, pour moi, c'est devenu naturel. Je trouve ça déprimant.

— Pourquoi ? objecta Leslie avec un haussement d'épaules désinvolte. J'ai des tonnes d'amis qui font des fêtes à tout casser. C'est juste que... si l'épidémie continue, il nous reste quoi, deux, trois ans à vivre. Je ne veux pas gâcher ces dernières années. Je veux rester lucide, tu comprends ?

Sur ces mots, elle se laissa glisser au fond de la baignoire. Sa tête disparut sous la mousse. Puis elle émergea jusqu'à la taille et lissa ses longs cheveux noirs en arrière, les yeux fermés et les reins arqués.

Caleb n'en croyait pas ses yeux. Cette nana était une vraie bombe. Rien que de la regarder, il avait oublié de quoi ils étaient en train de parler. Il fut pris d'un léger vertige. Peut-être était-il resté trop longtemps dans le jacuzzi. Il ferait mieux d'en sortir avant de se ridiculiser encore plus…

Dans un léger clapotement, Leslie regagna sa place à côté de lui.

— À quoi tu penses ? demanda-t-elle avec son sourire enjôleur.

Caleb fixait les bulles sans un mot. Que pouvait-il répondre ? Qu'il était prêt à se damner contre une nuit au pieu avec elle ? Il recommença à broyer du noir.

— Eh, Caleb, ça va ? insista-t-elle. T'as pas l'air dans ton assiette.

C'est le moins qu'on puisse dire, songea Caleb. Mais il garda le silence. Il n'avait pas vraiment envie de la barber avec ses états d'âme.

— Je suis désolée, s'excusa-t-elle. Ça ne me regarde pas…

— T'excuse pas, ça va…

— C'est à cause de cette fille. Ariel, c'est ça ?

— C'est juste qu'elle m'a pas laissé lui expliquer, lâcha-t-il avant d'avoir pu s'en empêcher. Enfin… Je comprends qu'elle se soit fait de la bile. C'est vrai. Hier, je me suis barré comme un fou sans explication.

Il soupira.

— Je m'y suis pris comme un manche. J'ai pas voulu faire face.

Leslie hocha la tête avec compréhension.

— Tu ne voulais pas affronter cette espèce de rituel funéraire dont tu m'as parlé, c'est ça ?

— Exactement.

51

Il frappa l'eau du plat de la main. C'était dingue, cette fille comprenait tout.

— En fait, si j'ai envie de rester ici, poursuivit-il avec gravité, c'est un peu parce que, d'après ce que tu m'as dit, personne ne fait toute une histoire quand quelqu'un se désintègre. On se contente de balancer les fringues à la poubelle et la vie continue. Je suis à fond pour. Quand mon tour viendra, je veux pas qu'on arrête de s'amuser. Priorité à la fête. Y a plus assez de temps pour le reste.

Leslie soupira.

— Je te comprends. Si je devais garder un souvenir de tous les amis que j'ai vus mourir, je pourrais ouvrir un musée, répondit-elle avec un rire amer. Et puis je finirais par déprimer. Ou par me supprimer.

— Moi, c'est pareil ! s'exclama Caleb. Voilà pourquoi il fallait que je me tire. Si Ariel m'avait donné une chance de lui expliquer…

Un silence tomba entre eux.

— Ariel et toi, vous sortez ensemble ? demanda Leslie avec désinvolture.

— Non, non. On est juste amis, répondit-il un peu trop vite.

Caleb se tut. À un moment, il n'y avait pas si longtemps, il s'était dit qu'Ariel et lui… Pas forcément le grand amour, mais il se marrait bien avec elle. En fait, cette idée l'avait même beaucoup travaillé. Mais l'occasion ne s'était jamais présentée. Côté intimité, le hall des services municipaux, c'était pas l'idéal. Et après ce qui s'était passé entre eux la veille…

— Je peux te demander un truc, Caleb ?

— Ouais, vas-y.

Leslie eut un sourire hésitant.

— Je sais pas. Tu pourrais mal prendre ma question.

— Ça m'étonnerait.

Elle prit une profonde inspiration.

— Ariel ne ferait pas partie de ceux qui croient à l'Élu, par hasard ?

Caleb éclata de rire.

— Pourquoi je prendrais mal cette question ?

— Je ne sais pas, répondit Leslie en caressant distraitement la surface de l'eau du bout des doigts. Beaucoup de gens prennent cette histoire d'Élu très au sérieux. Enfin… personne parmi mes amis…

— Les miens non plus, se défendit Caleb. Et surtout pas Ariel. En fait, quand je l'ai rencontrée, elle traînait avec une bande de piqués qui eux y croyaient dur comme fer.

Il s'esclaffa en y repensant.

— Ils lui tapaient sur le système. Elle ne cessait pas de les charrier. Elle me faisait marrer…

Son sourire s'évanouit. Pourquoi avait-il l'impression que c'était déjà si loin ?

— Attends une seconde ! s'exclama soudain Leslie, qui sortit de la baignoire dans une gerbe d'eau.

Ruisselante, elle courut jusqu'à la porte.

— J'ai quelque chose qui va t'aider à oublier, lui lança-t-elle sur le seuil avec un clin d'œil.

Quel canon ! se dit Caleb, rêveur. Ah ! Leslie, ta seule présence suffit à me faire tout oublier… Dommage qu'il n'eût pas le cran de lui faire une déclaration ! Enfin, en moins niaiseux. Un truc cool qui l'aurait fait fondre…

Quelques minutes plus tard, Leslie revint, tenant entre ses mains mouillées un gros livre écorné. Elle se laissa glisser à nouveau dans la baignoire.

— Regarde un peu ça, dit-elle avec animation, prenant soin de tenir le livre au-dessus de l'eau. J'ai trouvé ce bouquin dans les bois, près du Snohomish.

En découvrant le titre, Caleb ouvrit des yeux ronds, un sourire incrédule aux lèvres. Son cerveau était-il en train de lui jouer un tour ? Le livre s'intitulait *Corps à corps, l'Histoire interdite du film érotique.*

— Dis donc…

Leslie gloussa.

— Qu'est-ce que je te disais ?

Elle tourna les pages avec lenteur sous le regard amusé de Caleb. C'était vraiment un bouquin bas de gamme. La plupart des photos étaient floues et de mauvaise qualité, mais sans aucune équivoque. Certaines étaient drôles, d'autres carrément vulgaires.

Caleb glissa un regard en coin à Leslie. Celle-ci avait rougi.

— Ce genre de truc t'embarrasse ? la taquina-t-il.

Elle plongea son regard dans le sien.

— Non, murmura-t-elle. Au contraire…

Nom de Dieu… Pourquoi fallait-il qu'elle sorte des trucs pareils ? Elle ne voyait donc pas qu'elle le rendait dingue ? Il chercha désespérément une repartie spirituelle, un truc sexy pour l'amener à concrétiser un peu sa pensée. Mais aucun mot ne sortit de sa bouche. Il avait l'impression d'avoir la langue pendante comme un chien devant un os à moelle. Il se racla la gorge.

— Ah bon ?

Leslie referma le livre d'un geste sec et le lança sur le carrelage.

— Ça te dirait d'essayer ?

— Comment ça ? demanda Caleb, estomaqué.

Elle l'enlaça par le cou et se pressa contre lui.

— Je ne sais pas, moi, murmura-t-elle d'une voix chaude. Fais appel à ton imagination…

Caleb ferma les yeux. Il sentit les lèvres de Leslie s'écraser sur les siennes, mais il avait à peine conscience qu'elle l'embrassait. La réalité semblait lointaine. Très lointaine. Une seule question lui taraudait l'esprit : comment j'ai fait pour emballer cette fille ?

CHAPITRE SIX

Avril

Paquebot *Le Joyau des mers,*
sud-ouest de la Méditerranée.
Soir du 2 avril.

— *T*ECHKEE *Ingleesi ?* lança le jeune soldat en uniforme à Sarah.

Elle le regarda avec perplexité. Le visage du soldat se durcit et ses mains se crispèrent sur la mitraillette qu'il portait en bandoulière.

— *Techkee Ingleesi ?* répéta-t-il à l'adresse d'Ibrahim.

— *Yes, yes*, répondit celui-ci. *English.*

Le soldat sortit un rouleau d'adhésif blanc de la trousse fixée à son ceinturon, en coupa un morceau et le colla sur le poignet d'Ibrahim. Il les gratifia d'un regard mauvais et remonta l'escalier métallique dans un martèlement de bottes.

— À quoi rime ce cirque ? demanda Sarah dans un souffle.

Ibrahim haussa les épaules.

— J'imagine qu'ils veulent connaître notre langue maternelle. Un anglophone va peut-être venir nous expliquer la situation.

Ce ne serait pas trop tôt, songea Sarah avec découragement. Elle parcourut du regard le pont inférieur bondé. La claustrophobie commençait à la gagner. Si elle devait rester confinée encore longtemps dans cette atmosphère étouffante, au milieu de cette foule agitée, affamée et effrayée, elle ne répondrait plus de rien. Depuis qu'elle était à bord, elle n'avait pas vu le soleil. Un vacarme abrutissant régnait autour d'elle, un mélange de langues aux sonorités inconnues qui résonnaient en continu dans ses oreilles. Une vraie tour de Babel. Cela faisait maintenant vingt-quatre heures qu'ils attendaient — une journée entière ! — et personne n'était venu leur parler. Qui était le capitaine de ce navire ? Quelle était sa destination ? Autant de questions qui restaient sans réponse.

— Ça va ? s'inquiéta Ibrahim.

Sarah ne prit pas la peine de répondre. Il ramassa une bouteille d'eau presque vide.

— Tiens, bois, dit-il en agitant le fond trouble sous son nez.

— Je n'ai pas soif.

Le visage moite d'Ibrahim s'assombrit.

— Il faut boire, insista-t-il. Sinon, tu risques la déshydratation.

— Ah oui ? Et tu crois que ça les préoccupe ? Pourquoi ne nous ont-ils donné qu'une seule bouteille ?

Ibrahim posa une main réconfortante sur son épaule.

— Ne t'en fais pas, Sarah. Ça va s'arranger, tu vas voir.

Qu'est-ce que tu en sais ? se dit-elle. Mais elle garda le silence. À quoi bon s'en prendre à Ibrahim ? En fait, oui, elle mourait de soif. Mais elle voulait à tout prix éviter de devoir retourner aux toilettes. Dans celles des femmes, une seule cuvette était en état de marche et la puanteur qui y régnait lui donnait envie de vomir. Non pas qu'elle eût quelque chose à vomir. Depuis qu'elle était à bord, les soldats lui avaient donné en tout et pour tout une barre de chocolat à moitié fondue. Et les toilettes des hommes étaient condamnées. Une seule cuvette pour des centaines de passagers ! Sur un navire de croisière ! Elle aurait parié que, sur les ponts supérieurs occupés par les soldats, les toilettes fonctionnaient et que l'eau n'y était pas rationnée.

— Je commence à regretter que nous ayons été secourus, maugréa-t-elle. À l'heure qu'il est, nous serions sans doute morts et ce cauchemar absurde serait enfin terminé.

— Comment peux-tu dire une horreur pareille ? s'indigna Ibrahim. Aie confiance ! Tu oublies la prophétie !

Comment aurait-elle pu l'oublier ? Depuis la veille, elle y pensait chaque seconde. Alors qu'ils signalaient leur présence à ce navire providentiel, l'impensable s'était imposé à elle : la mystérieuse Élue ne pouvait être qu'elle, Sarah Levy. Pourquoi sinon se serait-elle retrouvée en possession du parchemin ? Ce parchemin qui semblait raconter sa propre histoire. Les coïncidences étaient trop nombreuses et trop extraordinaires. Tout, jusqu'à leur sauvetage miraculeux, lui prouvait qu'elle avait raison.

Mais, au fil des heures, le doute s'était à nouveau insinué dans l'esprit de Sarah. S'agissait-il vraiment d'un sauvetage ? Elle avait plutôt l'impression d'avoir été *capturée*. Et puis pour une Élue, elle ne se sentait pas exceptionnelle. Loin de là. Elle n'était qu'un visage anonyme de plus dans cette foule désorientée.

— Tu *es* l'Élue, lui murmura Ibrahim comme s'il avait lu dans ses pensées. Je le sais. C'est ton visage qui m'est apparu dans une vision, tu te souviens ? Ton visage, Sarah !

Elle soutint son regard un moment, puis détourna les yeux. Comment pouvait-il être si sûr de lui alors qu'elle-même baignait dans la plus complète incertitude ?

Soudain, elle remarqua une fille qui les observait. Une rousse aux yeux bleus et à la peau claire qui se tenait près de l'escalier, nu-pieds et vêtue d'une robe d'été crasseuse. Elle avait les yeux rivés sur le morceau d'adhésif au poignet d'Ibrahim.

— Qu'est-ce que tu as à nous regarder ? demanda Sarah d'un ton sec.

La fille sursauta.

— Je… je suis désolée, bredouilla-t-elle, confuse. C'est juste que je vous ai entendus parler et je voulais m'assurer que…

— T'assurer de quoi ?

— Que vous parliez anglais.

La fille esquissa un pâle sourire qui ne masqua pas son agitation. Elle ne cessait de jeter dès regards apeurés autour d'elle.

— Tous les anglophones ont droit à un morceau d'adhésif blanc, expliqua-t-elle en leur montrant celui collé sur le dos de sa main. C'est pour qu'ils puissent nous différencier des autres…

— Qui ça, ils ? l'interrompit Sarah.

La fille la dévisagea avec perplexité.

— Tu sais bien…

— Non, je ne sais pas ! s'énerva Sarah. Excuse ma brusquerie, mais on est enfermés ici depuis une journée entière et personne ne nous dit rien.

Le front plissé, la fille les regarda l'un après l'autre.

— Alors vous n'êtes pas au courant pour le tirage au sort ?

— Le tirage au sort ? répéta Sarah avec étonnement.

— Ne vous inquiétez pas, s'empressa de les rassurer la jeune inconnue. Ça ne vous concerne pas. Ni moi d'ailleurs. Comme nous parlons anglais, nous restons d'office à bord. Ils auront besoin d'anglophones quand le bateau arrivera aux États-Unis.

— Aux États-Unis ? s'exclama Sarah, oubliant sa colère.

Elle n'en croyait pas ses oreilles. Ce bateau la ramenait chez elle ! Jamais elle n'aurait pensé rentrer un jour. C'était un véritable miracle !

La fille demeura silencieuse, comme tétanisée par la peur. Sarah prit une profonde inspiration et s'efforça de se calmer.

— Explique-nous tout depuis le début. Dis-nous qui tu es et ce qui se passe sur ce bateau. Après, nous répondrons à tes questions, d'accord ?

La fille hocha timidement la tête, puis glissa un regard furtif vers l'escalier.

— Euh… je m'appelle Aviva, mais ça n'a pas vraiment d'importance, murmura-t-elle. J'étais à Gaza au moment des inondations. Avant d'avoir eu le temps de comprendre ce qui m'arrivait, je me suis retrouvée au milieu de l'Océan, agrippée à une planche. Les soldats m'ont secourue. Ce sont les seuls rescapés d'un bataillon des Nations unies basé en Grèce. Ils ont pris le commandement de ce navire et faisaient route vers les États-Unis quand les inondations ont atteint la mer Rouge, continua-t-elle, baissant encore la voix. Ils se sont détournés de leur route pour porter secours à d'éventuels survivants. (Elle ferma les yeux.) *Baruch Hashem*.

Le visage de Sarah s'éclaira. De l'hébreu !

— Tu es israélienne ?

La jeune fille hocha la tête.

— Connais-tu la situation à Jérusalem ? demanda-t-elle avec empressement.

— Non, j'étais à Bethléem. Dès le début de l'épidémie, je suis partie vers le sud. Le pays tout entier est en état de guerre. C'est le chaos le plus total.

En état de guerre ? Un frisson glacé parcourut Sarah. Il n'y avait donc plus aucun espoir pour Josh.

— C'est quoi, ce tirage au sort dont tu parlais tout à l'heure ? intervint Ibrahim.

Aviva pâlit.

— C'est justement le problème. Avant de venir secourir les rescapés des inondations, ce bateau était déjà en surcharge. Ils ne peuvent pas emmener tout le monde en Amérique. L'approvisionnement ne suffirait pas pour la traversée. Alors ils ont décidé d'organiser un tirage au sort. Ceux qui tireront les bons numéros resteront à bord. Les autres seront débarqués en Crète.

Ibrahim approuva d'un hochement de tête.

— Cela me semble un compromis équitable.

Aviva se mordilla la lèvre.

— Vous êtes au courant pour les États-Unis, n'est-ce pas ? demanda-t-elle après un moment de silence.

Les États-Unis ? Les sourcils froncés, Sarah jeta un regard interrogateur à Ibrahim qui haussa les épaules.

— Là-bas, personne n'a été touché par l'épidémie, murmura Aviva, surexcitée. Rien n'a changé. Il y a toujours les adultes, un gouvernement, la civilisation ! Ceux qui auront la chance de rester à bord vont retrouver le monde d'avant et ils n'auront plus rien à craindre.

— Comment sais-tu tout ça ? s'étonna Sarah.

— Ici, tout le monde est au courant. Les soldats ont capté des émissions de radio et de télé.

— Silence ! ordonna soudain une voix autoritaire en haut des marches.

Aviva sursauta.

— Que se passe-t-il ? demanda Sarah.

Mais la jeune Israélienne ne répondit pas. Terrorisée, elle se cacha derrière Ibrahim, tandis que cinq jeunes soldats en tenue de camouflage descendaient les marches, mitraillette au poing. Trois d'entre eux tenaient des seaux remplis de petits papiers blancs pliés.

— Silence !

Le brouhaha retomba aussitôt. Tous les regards se tournèrent vers l'escalier.

— Le tirage au sort va commencer, annonça un des soldats.

Sarah glissa un regard en coin à Aviva. Elle était blanche comme un linge et tremblait de tous ses membres. Quelles horreurs avaient donc pu commettre ces hommes pour l'épouvanter à ce point ?

Les soldats s'avancèrent dans la foule et tendirent les seaux. Les mains tremblantes et hésitantes y plongèrent l'une après l'autre et retirèrent un papier. Tout le monde retint son souffle…

Soudain, ce fut l'explosion. Les hurlements de désespoir et les cris de joie emplirent la cale. Le regard incrédule de Sarah passa d'un soldat à l'autre. L'un d'eux se tenait devant un couple : la fille avait visiblement gagné, mais pas le garçon. Un autre restait insensible aux supplications d'un groupe de filles qui réclamaient une seconde chance. Un garçon venait de s'évanouir.

C'est injuste et inhumain, s'indigna Sarah silencieuse-ment. Comment pouvait-on faire preuve d'une telle cruauté envers ses semblables ? Dieu merci, elle n'était pas concer-née…

Au même instant, un des soldats se planta devant elle. Un type d'au moins cent kilos. Il n'avait pas de seau. Il jeta un regard aux poignets de Sarah, puis à ceux d'Ibrahim et d'Aviva.

— *Du und du, kommt mit mir*, dit-il à ces derniers, poin-tant le canon de son arme vers l'escalier.

Sarah fronça les sourcils.

— Et moi ?

L'armoire à glace lui bloqua le passage, le regard dénué d'émotion.

— *Nein*, seulement les Blancs, dit-il avec un accent alle-mand à couper au couteau.

— Mais écoutez-moi ! protesta-t-elle, riant presque du malentendu. Je parle anglais.

— Seulement les Blancs, répéta le soldat, imperturbable.

Ibrahim tenta de s'interposer.

— C'est sûrement une erreur, dit-il avec un sourire forcé. Vos collègues n'ont jamais parlé à Sarah en anglais. Ils ne savaient pas qu'il fallait lui donner…

— Quel est le problème ici ? intervint un autre soldat.

Sarah poussa un soupir de soulagement, heureuse de reconnaître un accent britannique. Le malentendu allait enfin être dissipé.

— Il s'agit d'une erreur, expliqua-t-elle, tandis qu'il s'approchait. Vous avez oublié de me donner du sparadrap blanc.

Il ricana.

— Une erreur ?

— Oui, mais ce n'est pas…

— Pas de sparadrap blanc ! Tu participes au tirage au sort !

Sarah le dévisagea sans comprendre. Où était le problème ? Ils parlaient la même langue, non ? Quelle importance qu'elle ait ou non un stupide morceau d'adhésif ?

— Vous ne comprenez pas, commença-t-elle, perdant patience. Je suis améric…

— La ferme !

Il fit un signe de tête à son collègue.

— Vas-y !

Le soldat allemand mit son arme en bandoulière. Puis il agrippa Ibrahim et Aviva par le bras et les entraîna sans ménagement vers l'escalier.

— Lâchez-moi ! protesta Ibrahim en se contorsionnant. Sarah doit venir avec nous !

Sans un mot, le soldat britannique s'avança vers Ibrahim et lui assena un violent coup de crosse sur la nuque. Le jeune homme s'effondra. Un filet de sang s'écoula d'une plaie à la naissance de ses cheveux.

Sarah laissa échapper un gémissement horrifié. Ses genoux se mirent à trembler. Non, c'était impossible…

Aviva monta les marches quatre à quatre. Le soldat britannique se retourna vers Sarah, impassible.

— Notre devoir, c'est d'obéir aux ordres du commandant, pas de les interpréter. Compris ?

Livide, Sarah était incapable de répondre. Elle ne pouvait détacher les yeux d'Ibrahim qui gisait sans connaissance au pied des marches. L'Allemand le souleva du sol, le jeta sur son épaule comme un vulgaire sac de patates et disparut dans l'escalier. Ces soldats étaient fous à lier. Soudain, une effroyable certitude s'imposa à elle : elle allait tirer le mauvais numéro et serait abandonnée en Crète. Jamais elle ne rentrerait chez elle. Jamais elle ne reverrait ses parents…

— Mais dans ton cas, je vais faire une exception, poursuivit le soldat.

Sarah se tourna vers lui. Il lui sourit avec cruauté.

— Pas de tirage au sort pour toi. Tu n'es pas du voyage, point final. Au cas où tu l'aurais oublié, nous t'avons sauvé la vie. Nous ne te devons rien. Tu serviras d'exemple à ceux qui auraient la mauvaise idée de vouloir contester le règlement.

CHAPITRE SEPT

Avril

Autoroute 317,
environs d'Amarillo, Texas.
Après-midi du 10 avril.

J'ai un secret. Je ne veux pas en parler à John pour ne pas l'inquiéter davantage. Mais j'ai peur.

Je sais, ce n'est pas nouveau. Depuis le nouvel an, j'ai peur en permanence. Même avant, en fait. Et je suis sûre que tous les survivants en sont au même point que moi. Mais là, c'est différent. Ça n'a rien à voir avec l'épidémie. Ou peut-être que ça a tout à voir…

J'ai peur parce que je ne me rappelle plus qui était Julia Morrison. Parfois, quand je me regarde dans le rétroviseur, je vois quelqu'un que je ne connais pas. Qui est cette fille qui a des visions, entend des voix et a l'impression qu'un aimant irrésistible l'attire vers un lieu inconnu ? Ce n'est pas moi, je le sais. Alors où est Julia ?

Il y a seulement deux semaines, j'étais la plus heureuse au monde. Plus de visions, plus de rêves bizarres. Juste John… Puis il y a eu les inondations. Et quand le déluge a enfin cessé, le cauchemar a recommencé.

Depuis combien de jours errons-nous sur les routes ? Depuis combien de mois ? Je n'en ai pas la moindre idée. Tout ce que je sais, c'est que nous n'allons nulle part. Nous tournons en rond depuis des jours. Chaque fois que nous essayons d'aller vers l'ouest, la route est bloquée. Il y a des incendies partout. Des feux de broussaille, des feux de forêts, des tas d'ordures en flammes au milieu de la route. Je n'y comprends rien. Pourquoi tout s'embrase-t-il ainsi ? On dirait que quelqu'un allume ces incendies exprès, juste pour nous rendre fous.

Après tout, c'est peut-être la vérité. Qu'est-ce que j'en sais ?

Heureusement, il y a John. C'est grâce à lui que je tiens le coup. J'ai beaucoup de chance. Je pense souvent à Luke et à tout ce qu'il m'a fait endurer. Avec lui, j'ai traversé l'enfer. Nous n'avons jamais rien partagé. John et moi, on a traversé l'enfer ensemble. Nous partageons tout. Même nos visions. Il m'a sauvé la vie plus d'une fois. Je sais que je suis plus âgée et que nous venons de milieux très différents, mais je m'en fiche. Je l'aime…

— Eh, Julia, regarde ça, lui lança John du siège avant.

Elle leva le nez de son journal.

— Quoi donc ?

— Ce truc. Ce drôle de panneau sur le bord de la route.

Il rétrograda. Julia ferma le carnet écorné et se pencha entre les deux sièges avant.

— Là-bas, tu vois ?

Il désignait un grand panneau publicitaire au milieu des champs, à droite de la route. Éblouie par le soleil, Julia plissa les yeux. John avait raison. C'était bizarre. Que faisait-il donc là, perdu en pleine cambrousse, surplombant un océan de maïs qui s'étendait à perte de vue ? La publicité d'origine avait disparu derrière une couche de peinture blanche dégoulinante sur laquelle était inscrit à l'aérosol : « L'heure du repentir a sonné ! »

John ricana.

— Bienvenue dans l'Amérique profonde !

— Ça m'en a tout l'air, marmonna Julia, tandis que le panneau disparaissait de son champ de vision.

Au loin, elle remarqua un nouvel incendie. Une colonne de fumée noire s'élevait vers le soleil qui déclinait à l'horizon. Cet enfer ne finira donc jamais, songea-t-elle, découragée.

— Où sommes-nous ?

— Au Texas, répondit John. On a franchi la frontière il y a une heure et d'après les panneaux, on va bientôt arriver à Amarillo. Ça te dit de t'arrêter là-bas pour la nuit ?

— Bien sûr, murmura Julia.

Elle bâilla et s'adossa contre la banquette. Pourquoi se sentait-elle aussi fatiguée ? Elle avait somnolé à l'arrière presque toute la journée. D'ici quelques heures, il ferait déjà nuit. Allaient-ils faire des rencontres à Amarillo ? Encore des psycho-pathes, des assassins ? Après leurs expériences des semaines passées, elle redoutait le pire… Ou bien trouveraient-ils un lit douillet dans une maison déserte où ils pourraient oublier l'hor-reur du monde, blottis l'un contre l'autre ? Ça, ce serait génial…

— Eh, en voilà un autre ! Décidément, ceux qui vivent dans le coin ont dû trop regarder les télévangélistes ! s'exclama John, hilare.

Julia regarda à nouveau par la vitre. Ils approchaient à vive allure d'un nouveau panneau : « Vous arrivez en Terre promise ! Prosternez-vous devant le Guérisseur, Il vous accor-dera la vie éternelle ! »

Julia fronça les sourcils.

— La Terre promise ? C'est quoi, cette blague ?

John ralentit sans un mot. Elle reporta son attention sur la route.

Aïe ! Problème en vue !

Non loin devant eux, une dizaine de jeunes gesticulaient et sautillaient au milieu de la chaussée. Y avait-il eu un accident ? Julia fronça les sourcils. Ils portaient tous une sorte de toge, comme à la remise des diplômes à la fac, mais en blanc.

— Je m'arrête, tu crois ? demanda John.

— À mon avis, on n'a pas le choix.

Au même instant, le groupe se mit à courir vers la voiture, les bras au ciel.

Julia se crispa sur son siège. Puis elle remarqua leurs sourires. Pas de panique, ils ont l'air amicaux, tenta-t-elle de se rassurer sans y parvenir. Elle songeait aux filles de Jackson, dans l'Ohio. Elles aussi avaient l'air amicales… au début.

John écrasa la pédale de frein. La Coccinelle s'immobilisa avec une secousse brutale. Aussitôt, garçons et filles entourèrent la voiture à grand renfort d'applaudissements, de rires et de danses. Quelques-uns pressèrent le nez contre les vitres. Julia réprima une grimace. Ils étaient répugnants de crasse. Le bas de leurs robes était raidi par la boue. Derrière l'uniformité de leur tenue, elle fut frappée par leur diversité ethnique : il y avait là des Blancs, des Noirs, des Asiatiques, des Hispaniques… Un vrai *melting-pot* américain en miniature. Qui étaient donc ces gens ?

— Bienvenue ! s'exclamèrent-ils avec enthousiasme. Bienvenue en Terre promise ! Vous êtes sauvés ! Le Guérisseur va vous bénir !

— D'où sortent ces nases ? murmura John, mal à l'aise. Qu'est-ce qu'on fait ?

Par précaution, il n'avait pas coupé le contact.

— Je… j'en sais rien, bafouilla Julia.

Une fille au teint hâlé frappa à sa portière. Elle arborait un large sourire béat. Un sourire d'illuminée. Julia baissa la vitre à contrecœur.

— Salut à toi ! s'exclama la fille.

— Euh… salut, marmonna Julia.

— Le Guérisseur vous attend, annonça la fille, rayonnante.

Julia et John se regardèrent, perplexes.

— Ah oui ? Et comment ce type sait qu'on arrive ? demanda John avec défi.

La fille éclata de rire, comme si c'était la question la plus stupide qu'elle eût jamais entendue.

— Le Guérisseur sait tout !

— Qui est ce… Guérisseur ? intervint Julia.

— C'est un homme divin ! Un rédempteur doté de pouvoirs magiques ! Il comprend les signes et fait des miracles ! Quand vous le verrez, vous comprendrez.

— Et vous, vous êtes qui ? demanda John.

— Le comité d'accueil ! On vous expliquera tout une fois sur place. Continuez sur l'autoroute pendant encore cinq cents mètres et prenez le chemin de terre sur la droite. Il mène au…

— Et si on n'a pas envie d'y aller ? la coupa-t-il d'un ton cassant.

S'il avait choqué la fille, elle n'en laissa rien paraître.

— Libre à vous, répondit-elle avec son sourire béat. Mais vous auriez tort de ne pas vous rendre auprès de l'Élu…

— De qui ? s'exclamèrent en chœur Julia et John.

Ils échangèrent un regard sidéré.

— L'Élu. C'est comme ça que certains d'entre nous l'appellent ici. Il leur est apparu dans des visions…

Avant qu'elle ait pu terminer sa phrase, John assena un coup de poing sur le klaxon et enclencha la première. Julia se cramponna à son siège, tandis que la voiture démarrait en trombe. Le comité d'accueil s'égailla sur la chaussée en catastrophe.

— On va vérifier ? demanda Julia avec nervosité.

Il hocha la tête, les yeux rivés sur la route.

— Un peu, oui !

— Je croyais que l'Élu était une fille.

John haussa les épaules.

— Moi aussi. Mais s'il y en a ici qui ont des visions…

Quelques secondes plus tard, un large chemin de terre apparut au milieu des champs de maïs à droite de l'autoroute. John donna un brusque coup de volant. La Coccinelle quitta le bitume dans une embardée. Julia s'agrippa à sa portière. Ils roulèrent un moment sur le chemin cahoteux.

Soudain, ils arrivèrent en vue d'un grand silo rouge. Puis, une grange délabrée et une petite ferme apparurent devant eux. Dans les champs de chaque côté de la route, des groupes de jeunes en toge blanche étaient occupés à labourer et à semer. Tous s'interrompirent dans leur tâche et les saluèrent.

— Dans *mes* visions, c'est pas cet endroit que je vois, bougonna John.

Julia essuya ses paumes moites sur son jean. Elle non plus. Dans ses visions, elle se trouvait en plein désert. Se pouvait-il vraiment que cette vieille ferme ait de l'importance ? Elle fouilla dans ses souvenirs, mais la nervosité l'empêchait de se concentrer.

John se gara devant le silo. Il n'y avait personne dans la cour.

— Viens, on va faire le tour du propriétaire, décréta-t-il en coupant le contact.

Mal à l'aise, Julia hocha la tête sans un mot. Ils descendirent de voiture, jetant des regards méfiants à la ronde. Portés par le vent, des bruits de voix leur parvenaient des champs environnants.

— On commence par où ?

— Si je le savais, marmonna John.

Il leva les yeux vers le silo et fronça les sourcils. Il en fit le tour en tendant le cou.

— Tu as vu quelque chose ? s'inquiéta Julia.

— Il y a des trucs écrits là-haut !

Julia le rejoignit et regarda l'endroit qu'il lui indiquait, la main en visière au-dessus des yeux. Elle resta bouche bée devant les gigantesques lettres dégoulinantes qui couvraient tout un pan du silo :

Les sept commandements

1. La parole du Guérisseur est sacrée.

2. Le Guérisseur jamais tu ne contesteras.

3. Jamais à la place du Guérisseur de guérir tu ne tenteras.

4. Jamais de drogue ou d'alcool tu n'absorberas (sauf avec la bénédiction du Guérisseur). Louée soit l'abstinence !

5. Aucune relation sexuelle tu n'entretiendras (sauf avec la bénédiction du Guérisseur). Louée soit la chasteté !

6. Aucune arme tu ne porteras.

7. Aux champs tu travailleras et de la nourriture dans les environs tu chercheras. Chaque soir, à l'angélus, le fruit de ton labeur au Guérisseur tu offriras. Jamais les mains vides devant Lui tu ne te présenteras.

— C'est quoi, ces conneries ? murmura John. On est tombés chez les dingues ou quoi ?

Julia secoua la tête, atterrée.

— En tout cas, poursuivit John, ces tarés se fourrent le doigt dans l'œil jusqu'au coude. Si ce type est l'Élu, moi je suis le Pape !

Julia garda le silence un moment, effrayée par la question qui lui brûlait les lèvres.

— Tu crois que c'est un piège ? finit-elle par demander dans un souffle. Comme à Jackson ?

— Ça se peut. Mais je n'ai pas envie de traîner dans le coin pour...

— Non, ce n'est pas un piège, fit soudain une voix masculine derrière eux.

Ils firent volte-face et se retrouvèrent nez à nez avec un homme jeune aux yeux bleus mélancoliques et aux mâchoires volontaires. Avec ses longs cheveux bruns, on aurait dit Jésus en blouse blanche. Julia était abasourdie. Il avait l'air d'un *adulte*. Jusqu'à présent, elle n'avait jamais croisé de rescapé de plus d'une vingtaine d'années. Elle en avait déduit qu'ils avaient tous succombé à l'épidémie. Et il ne paraissait pas avoir souffert des privations… Un espoir insensé la traversa. Si cet homme avait survécu, peut-être la clé de leurs visions se trouvait-elle *réellement* ici…

— T'es qui ? demanda John d'un air soupçonneux.

— Le Guérisseur, évidemment. Ou l'Élu, si vous préférez, répondit l'inconnu avec un sourire suffisant. Vous pouvez aussi m'appeler docteur. Mon nom de baptême est Harold Wurf. Bienvenue en Terre promise !

CHAPITRE HUIT

Avril

```
Hôtel Sheraton,
Seattle, Washington.
Nuit du 17 avril.
```

Jusqu'à ce jour, Ariel ne connaissait pas l'exclusion. Se sentir trahie, rejetée, abandonnée de tous… non, ce n'était pas pour elle. Mais seule au milieu de la nuit sur ce boulevard sinistre, plantée devant le Sheraton aux entrailles vibrantes de vie, elle avait bien reçu le message. En pleine poire.

Elle était seule au monde.

Vachement poétique, ironisa-t-elle avec amertume. C'était quoi, déjà, ce mot que M. Wilson sortait toutes les deux minutes en cours de littérature ? Métaphore. Oui, voilà. Ce maudit hôtel était une monstrueuse métaphore qui la narguait de toute sa hauteur. Le symbole parfait de sa solitude. Tout Seattle faisait la bringue à l'intérieur, sauf elle. Même Jared, Cynthia et Marianne. Ils avaient depuis longtemps rejoint Caleb, trop heureux d'avoir enfin du chauffage et des draps propres. Comment leur en vouloir ?

Je suis seule au monde, se répéta Ariel, qui se rongeait les ongles en contemplant les silhouettes derrière les vitres. Quelle torture ! Elle n'aurait pas dû venir jusqu'ici. Elle avait tout fait pour résister à la tentation, mais ç'avait été plus fort qu'elle. Si elle était restée toute seule une nuit de plus dans ce hall déserté, elle serait devenue folle. Sérieux. Elle avait tiré une leçon de ses deux semaines de solitude forcée : au même titre que la nourriture et l'oxygène, elle avait besoin d'une présence humaine pour vivre. Sinon, c'était la décrépitude assurée. Il ne s'agissait pas d'une théorie fumeuse. C'était un *fait*.

Seule au monde…

Bizarre, elle commençait presque à regretter cette bonne vieille Jezebel Howe. Sa meilleure copine. La première à l'avoir laissée tomber pour du chauffage et des draps propres. Pourquoi lui en vouloir encore ? Après tout, elle savait depuis le début à quoi s'en tenir sur son compte. Jez n'avait qu'une seule préoccupation dans la vie : sa petite personne. L'égoïsme incarné. Et pourtant, c'est dingue, se dit Ariel, je lui ai presque pardonné.

Presque.

La solitude faisait des miracles, non ?

Et si elle retournait à Babylon ? Et si elle essayait de se réconcilier avec Trevor ? Depuis quelques jours, cette idée lui trottait dans la tête. Est-ce qu'il la laisserait entrer dans son camp retranché ? Et s'il mettait ses menaces à exécution et lui tirait dessus ?

— Eh, Ariel !

Ariel sursauta. Jared ?

Oui, c'était bien lui. Il lui faisait signe devant la porte de l'hôtel. Elle lui sourit. Quel bonheur de le voir ! De voir enfin quelqu'un, *n'importe qui*…

— Viens ! lui cria-t-il en l'invitant à entrer avec un grand geste.

Ariel monta les marches et s'avança dans la lumière de l'entrée. Tiens, tiens… Deux semaines de draps propres et de bains chauds n'avaient pas eu beaucoup d'effet sur le look de Jared. Plus débraillé que jamais, il avait toujours le cheveux gras et des valises sous les yeux. Le Sheraton ne serait-il pas à la hauteur de sa réputation ?

— Comment ça va, Jared ?

— En pleine forme ! Je suis vachement content de te voir ! s'exclama-t-il avec un soupir de soulagement qui sonnait faux. Je commençais à me faire du souci pour toi. Vraiment.

Ariel afficha un sourire crispé. Cause toujours, se dit-elle. Si tu t'inquiétais tant que ça, tu savais où me trouver.

— Et toi, qu'est-ce que tu deviens ? demanda-t-il devant son silence buté.

Elle prit un air désinvolte.

— Bah ! la routine. Dis-moi, tu as vu Caleb ?

— Ouais, ils sont dans leur chambre, Leslie et lui. C'est fou, ma vieille, tu as vraiment l'air en pleine...

— Attends ! Tu as dit : *leur* chambre ?

— Ben ouais. Ils sont au vingtième dans une suite de luxe. La grande classe. Tu devrais voir ça. Lit extra-large, jacuzzi...

Leur chambre... Estomaquée, Ariel le fixait sans un mot, tandis qu'il s'extasiait sur l'aménagement fabuleux de *leur* chambre.

— ... lecteur de CD, magnétoscope...

— Ils sont là-haut, tu disais ?

Jared eut à peine le temps de hocher la tête. Ariel s'engouffra dans le hall comme une furie. Elle fonça droit sur les ascenseurs.

— Ariel, attends !

Plusieurs mômes désœuvrés se retournèrent sur son passage et murmurèrent entre eux en rigolant. Ariel ne les remarqua même pas. Elle fulminait, le cerveau agressé par des millions d'images qui lui donnaient envie de hurler. Leslie et Caleb ! Seuls dans cette chambre depuis deux semaines !

Ce n'était pas de la jalousie. Certainement pas ! Il n'y avait rien entre Caleb et elle. S'il voulait se rendre ridicule, libre à lui. Non, ce qui la rendait folle de rage, c'était qu'il lui ait claqué la porte au nez et, insulte gravissime, ne lui ait plus jamais donné signe de vie. Pendant deux semaines, elle avait imaginé mille scénarios dans lesquels il venait lui demander pardon. Il s'excusait d'avoir disjoncté et lui jurait que cette Leslie était la fille la plus ringarde de la planète. Enfin bref, il retrouvait ses esprits…

Mais non ! Il avait fallu qu'il reste avec cette garce. Et dans une suite de luxe, rien que ça.

— Eh, ralentis un peu ! lui lança Jared avec un rire nerveux.

Ariel s'arrêta net devant un ascenseur.

— Euh… tu te sens bien ? marmonna Jared d'un air inquiet.

— En pleine forme.

Elle enfonça le bouton à plusieurs reprises.

— Tu es sûre ?

Ariel ne prit pas la peine de répondre. Il y eut un tintement et la porte coulissa. Elle monta dans la cabine et écrasa le bouton du vingtième. Jared eut juste le temps d'entrer à sa suite. Ariel garda les yeux rivés sur les numéros des étages qui défilaient sur l'écran à cristaux liquides. Quatre… cinq…

— Magne-toi, bougonna-t-elle avec impatience.

Jared s'éclaircit la gorge.

— Tu n'es pas en rogne contre nous, hein ?

— Pas contre *toi*.

— T'en veux à Caleb ?

Ariel crispa les mâchoires. Le silence s'éternisa de longues secondes jusqu'à ce que l'ascenseur atteigne enfin le vingtième. Elle jaillit de la cabine et se retrouva dans un long couloir à l'élégance feutrée. Deux rangées de portes identiques s'alignaient de part et d'autre.

— De quel côté ?

— À droite, tout au bout, murmura Jared, mal à l'aise. Chambre 2015.

Il la retint par le bras.

— Pourquoi tu dis rien ?

Ariel se dégagea d'un geste brusque. Elle n'était pas d'humeur à lui déballer ce qu'elle avait sur le cœur. Non, elle en réservait la primeur à Caleb. Plus elle avançait, plus le couloir devenait dégueulasse. Elle fit la grimace. Des assiettes chargées de restes et des gobelets vides étaient éparpillés çà et là sur la moquette. Des empreintes de mains graisseuses maculaient les murs. Et ça puait la mort. Qu'avait donc cet endroit de si génial ? Même à côté de l'immeuble des services municipaux, cet hôtel était un vrai dépotoir.

Ariel s'arrêta devant la dernière porte. Une plaque rutilante arborait le numéro 2015. Nous y voilà, se dit-elle. Prépare-toi à découvrir la grande classe. Elle attendit un instant devant la porte et tendit l'oreille. Des gloussements étouffés lui parvinrent sur fond de musique alternative. Retenant son souffle, elle tambourina au battant.

— C'est ouvert ! fit une voix à l'intérieur.

Ariel ouvrit la porte à la volée.

— Ariel ! s'exclama Caleb. Qu'est-ce que tu fais ici ?

Elle resta sur le seuil, pétrifiée. Caleb était vautré sur un immense lit défait en compagnie de Leslie et de quatre autres filles si peu habillées que ça ne valait même pas la peine d'en parler ! Elle s'attendait au pire, mais là, ça dépassait son imagination. Caleb s'entraînait pour tourner dans des films classés X ! Et elle comprenait maintenant d'où venait la puanteur. La chambre était jonchée d'ordures, comme s'ils n'avaient pas mis les pieds dehors depuis des jours. Comment pouvaient-ils rester dans cette porcherie ?

— Euh… tu es revenue au Sheraton ? bredouilla Caleb.

Ariel l'aurait volontiers étripé. À cet instant, elle aperçut un livre entre les mains de Leslie. Elle fronça les sourcils. Ce gros livre abîmé lui rappelait… Non, c'était impossible. Elle avança de quelques pas, histoire de voir le titre. Son cœur fit un bond.

Nom de Dieu !

Dans ses délires les plus fous, jamais elle n'aurait pu imaginer une situation aussi répugnante. Mais elle aurait reconnu les pages écornées et gondolées entre mille. C'était *Corps à corps, l'Histoire interdite du film érotique* ! Et pas n'importe quel exemplaire. Celui de son père !

— Il est à moi ! explosa-t-elle, tendant un bras tremblant vers Leslie. Rends-le-moi !

Caleb jeta un regard éberlué à Leslie, puis à Ariel.

— Qu'est-ce que tu racontes ?

— Ce bouquin ! Rends-le-moi ! Il m'appartient !

Après un moment de stupéfaction, Leslie esquissa un sourire.

— Arrête de dire n'importe quoi…

— Je ne dis pas n'importe quoi !

— Euh… y a un problème ? s'enquit Jared, qui était prudemment resté en retrait.

Ariel laissa échapper un ricanement méprisant.

— Ouais, Leslie m'a piqué mon bouquin.

— Écoute, répondit celle-ci avec un sourire condescendant, comme si elle s'adressait à une gamine de cinq ans. Ce bouquin, je l'ai trouvé. Il était…

— Dans un sac à dos noir sur la rive du Snohomish, je sais, termina Ariel. C'est là que je l'ai perdu. Avec toutes les affaires auxquelles je tenais. Rends-le-moi !

Le sourire de Leslie s'évanouit.

— Quelqu'un t'a raconté comment je l'ai trouvé, c'est ça ? C'est toi ? demanda-t-elle à Caleb avec un regard accusateur.

Il secoua la tête avec énergie.

— Bien sûr que non ! Je ne l'ai pas vue depuis quinze jours !

À cet instant, le sang d'Ariel ne fit qu'un tour. La vue de cette… pétasse vautrée avec Caleb, tenant entre les mains le seul objet au monde qui lui rappelait la maison et son père… Non, c'en était trop. Folle de rage, elle fondit sur Leslie toutes griffes dehors.

— Ariel, arrête ! cria Caleb.

Une des filles bondit du lit et se jeta sur Ariel. Mais celle-ci la repoussa avec force et l'envoya promener dans un monticule d'immondices.

— Te mêle pas de ce qui…

— Attends… je te connais ! s'exclama soudain la fille, les yeux écarquillés.

Qu'est-ce qu'elle raconte ? se dit Ariel, qui la détailla de plus près. Non, ces longs cheveux châtains et ces yeux verts ne lui rappelaient rien. En tout cas, cette fille n'avait aucun goût. Elle portait au cou un bijou ridicule au bout d'une longue chaîne : un pendentif en argent qui lui faisait penser au symbole de la livre sterling.

— Ah bon ? Eh bien, moi, je ne t'ai jamais vue de ma vie, lui lança-t-elle d'un air mauvais.

— Je sais, répondit la fille qui lança un regard apeuré à Leslie, puis se tourna à nouveau vers Ariel. Mais moi, si. Tu m'es apparue dans une vision. Une vision concernant l'Élu.

Oh ! non ! pitié… Ariel secoua la tête, en proie à un soudain abattement. Sa colère l'avait quittée d'un seul coup comme un lavabo qui se vide quand on soulève la bonde. Encore une de ces tarés qui déliraient sur l'Élu. Elle n'avait vraiment pas de bol.

— L'Élu, hein ? s'esclaffa Leslie. Caleb, tu m'avais pourtant dit qu'Ariel ne croyait pas à ces niaiseries. Pas étonnant qu'elle soit si… perturbée.

Ariel se renfrogna.

— Toi, on t'a pas sonnée ! Contente-toi de me rendre mon bouquin, O.K. ?

Leslie fit un clin d'œil complice à Caleb, mais celui-ci fixait Ariel d'un air soupçonneux mêlé de crainte, comme si elle était une dangereuse criminelle.

— Qu'est-ce qui te prend ? Je te fais peur ? cria Ariel, exaspérée.

Il resta muet.

— Tiens, c'est à toi, dit la fille qui ôta son affreux pendentif et le passa autour du cou d'Ariel.

— T'es pas bien, non ! protesta celle-ci. Vire-moi ce truc !

Leslie s'esclaffa. Mais son rire se coinça dans sa gorge. À peine la fille avait-elle ôté le pendentif que des traînées noires lui zébrèrent le visage, puis les membres et le corps tout entier.

Quelques secondes plus tard, il ne restait plus rien d'elle.

TROISIÈME PARTIE
Avril

Du 18 au 30 avril 1999

Naamah arriva à Amarillo dans la deuxième quinzaine d'avril. Elle fut ravie des résultats obtenus par Wurf en un laps de temps aussi court. Ce garçon était intelligent. Une vraie vocation de gourou… Grâce au labeur abrutissant qu'il imposait à ses fidèles et à la tenue identique qu'il les forçait à porter, il les dépossédait de leur identité. Et en les imprégnant de ses commandements, il anéantissait peu à peu leur volonté avec une insidieuse efficacité.

Du beau travail.

Mais en dépit de son habileté et de sa mégalomanie, Wurf ne parviendrait pas à lui seul à convertir les Visionnaires. Il lui faudrait l'aide du Démon.

Bien sûr, jamais il ne saurait la vérité. Jamais il n'apprendrait que sa Terre promise avait été infiltrée. Non. Wurf croirait que les miracles des mois à venir étaient son œuvre. Ce pantin s'était tant pris au jeu qu'il se considérait désormais *réellement* comme le sauveur. La main de Naamah demeurerait invisible. Et les Visionnaires afflueraient en ce lieu, pensant toucher au terme de leur quête. Certains seraient faciles à convertir et à éliminer. Leurs visions étaient faibles et leur esprit encore plus.

D'autres résisteraient davantage.

Mais la confiance de Naamah était sans faille. Jusqu'à présent, les Prophéties s'étaient toutes accomplies au-delà de ses espérances. Et les êtres humains se laissaient tous manipuler. Tous. Elle avait retenu cette leçon voici déjà fort longtemps. C'était une simple question de temps. Elle n'était pas pressée.

De toute façon, personne ne soupçonnerait le subterfuge. À coup sûr, le parchemin avait disparu dans les inondations. Personne n'apprendrait qu'un faux prophète était à l'œuvre. Et pendant ce temps, l'Élue demeurerait à distance respectable, impuissante et ignorante.

Lilith elle-même y veillerait.

CHAPITRE NEUF

Avril

Amarillo, Texas.
Nuit du 20 avril.

— JE VOUS ai réunis ici ce soir pour répondre à vos interrogations, annonça la voix puissante de Harold Wurf par un haut-parleur invisible. Je vous ai rassemblés pour dissiper vos craintes et vous raconter mon histoire.

C'est pas trop tôt, se dit John. Il s'agita sur sa chaise pliante inconfortable, regardant les autres à la dérobée. En comptant Julia et lui, ils étaient treize, assis en cercle dans la grange éclairée par des bougies. En cercle comme à la maternelle ! La honte ! Les autres ne semblaient pas davantage apprécier la situation. Ils avaient tous l'air aussi mal à l'aise et agacés que lui.

— Ça va ? murmura Julia, assise près de lui.

Elle serra sa main entre ses doigts.

— Génial, mentit-il sans conviction.

Tu parles ! Il n'avait qu'une envie : se casser. D'abord, cette grange puait le fumier. Et puis, il n'était pas rassuré. Le sol en terre battue était couvert de paille. Si une bougie se renversait, la grange flamberait comme un rien et eux avec. Et si c'était justement l'idée de Harold ? Il envisageait peut-être un barbecue géant, histoire de se débarrasser d'eux. Tout était possible. Après tout, les filles de Jackson voulaient leur peau, à Julia et à

91

lui. Il ne serait pas vraiment surpris que le gourou ait envie de les liquider.

— Tout d'abord, j'aimerais vous souhaiter la bienvenue en Terre promise, poursuivit Harold d'une voix vibrante. Le destin vous a conduits jusqu'ici, vous, les êtres d'exception. Vous avez eu des visions. Vous avez entendu le nom de l'Élu. Vos pouvoirs vous ont guidés jusqu'à moi...

Tout faux, songea John. Il avait atterri dans ce trou par hasard, alors qu'il allait vers l'ouest. Et il aurait continué sa route s'il n'y avait pas eu ces mystérieux incendies. Sans oublier Julia. Bizarrement, elle n'arrivait pas à se décider à partir. Elle ne cessait pas de lui répéter qu'elle avait besoin d'en apprendre davantage sur Harold. Ça faisait déjà dix jours qu'ils moisissaient dans ce trou. Dix jours de trop. Il en avait marre de bouffer du maïs à moitié cuit à chaque repas. Et Julia qui se demandait encore si cet asile de fous était l'endroit qu'ils cherchaient ! Bien sûr que non ! Pourquoi ne se rendait-elle pas à l'évidence ? Elle avait toujours des visions et se sentait toujours attirée vers l'ouest. Qu'est-ce qu'il lui fallait de plus comme preuve ?

— ... je vous invite donc à vous imprégner des sept commandements, car pour vivre en Terre promise, il vous faudra les respecter à la lettre, conclut Harold avec gravité. Et maintenant, je suis prêt à écouter vos questions.

— Moi, j'en ai une, intervint John d'un ton sec. Où tu te caches ?

— Mes obligations exigent ma présence en plusieurs lieux à la fois, répondit la voix avec une assurance imperturbable.

Bien joué, songea John. Ce type devait être escroc avant l'épidémie. Il connaissait le genre. Il en avait côtoyé des dizaines à Pittsburgh : des gueules d'ange avec une tchatche à toute épreuve, des ordures finies capables d'arnaquer en moins de deux n'importe quel gogo. Il tirait son chapeau au gourou : son baratin avait l'air de faire de l'effet sur les crétins autour de lui. Ils évitaient tous son regard et ne savaient plus où se mettre. Il glissa un coup d'œil furtif à Julia. Son visage était sans expression. Était-elle en train de tomber dans le panneau, elle aussi ?

— D'autres questions ? reprit Harold.

— Ouais, j'en ai encore une, lança John. Pourquoi tout le monde se trimballe en chemise de nuit ? C'est obligatoire ? Parce que c'est pas écrit sur ton silo qu'il faut se déguiser.

Il y eut un silence gêné. John sentit le regard noir de Julia. Je ferais peut-être mieux de lever le pied, se dit-il. Et puis non, se ravisa-t-il aussitôt. Si Julia était en colère, c'était son problème. Quelqu'un devait tenir tête à ce type.

— La tenue de mes fidèles est riche de symboles, finit par répondre Harold d'une voix posée. En portant cette robe blanche, ils se dépouillent du passé pour revêtir l'avenir. Ils se libèrent du carcan imposé par la famille, la patrie, la culture et la religion. En Terre promise, nous commençons une nouvelle vie. Nous sommes tous égaux. Pourquoi le blanc ? Parce que c'est la fusion de toutes les couleurs.

John faillit éclater de rire. Quel ramassis de conneries ! On aurait dit les paroles d'une chanson nullarde des années 70.

— Moi, j'aime pas trop le blanc, lança-t-il avec un sourire narquois. T'as pas la même en rose bonbon ?

— John, tais-toi ! s'indigna Julia.

— Douterais-tu de moi, John ? demanda Harold. Parce que...

Il y eut quelques marmonnements inintelligibles, puis un larsen aigu les fit tous sursauter.

— Désolé, je dois vous laisser, s'excusa Harold. Un de mes fidèles est malade. Je reviens dès que possible.

Après un déclic, le haut-parleur se tut.

— Viens, Julia, on se casse, dit John en se levant avec détermination. Ce type se fout carrément de nous.

— Pourquoi ne lui laisses-tu pas sa chance ?

John toisa avec curiosité la fille, qui venait de s'adresser à lui. Quel accent ! Un accent british pur sucre. Et pourtant, elle avait l'air d'une Américaine. Et ce look ! Un sweat-shirt noir sur lequel était marqué « Graceland » en lettres argentées, des longs cheveux blonds bouclés, un visage de poupée Barbie… Le genre pom-pom girl qu'il avait jamais pu encaisser.

— Toi, t'es pas d'ici, je me trompe ? lui demanda-t-il d'un ton railleur.

Julia le tira par son T-shirt.

— Arrête de l'agresser, lui murmura-t-elle. Rassieds-toi.

— Ce n'est pas grave, assura la fille, qui sourit à Julia, puis reporta son attention sur John. Non, en effet, je ne suis pas d'ici. Je viens de Manchester, en Angleterre.

John fit une moue étonnée.

— En Angleterre ? Comment tu as fait pour atterrir au fin fond du Texas ?

— Par hasard, répondit la fille en baissant les yeux. Ce sont mes parents qui avaient eu l'idée de ce voyage aux États-Unis pendant les vacances de Noël… Mais c'est sans importance, poursuivit-elle en le regardant à nouveau. Ce qui compte, c'est que nous soyons tous réunis ici. Le Guérisseur est notre seul espoir.

— Notre seul espoir, ben voyons, bougonna John en s'affalant sur sa chaise. Écoute, je sais pas comment on dit en Angleterre, mais moi, j'ai une expression pour le numéro que nous joue cet Harold Wurf : entuber le gogo, articula-t-il en détachant exagérément les syllabes.

La fille lui sourit d'un air de défi.

— Et « tu me gonfles », tu connais comme expression ? C'est ce que je dis quand j'en ai marre de supporter les chieurs dans ton genre.

John en resta sans voix. Cette fille avait du répondant. Comme quoi les apparences étaient trompeuses. Et Julia qui le regardait avec un sourire en coin, l'air de lui dire « tu l'as bien cherché »…

— Pas vraiment original, mais plutôt efficace. C'est comment, ton nom ?

— Linda, répondit-elle en le fixant d'un œil glacial. Et toi ?

— John. Dis donc, pour une Anglaise, t'as de l'humour.

— C'est facile de faire rire les Américains, rétorqua-t-elle du tac au tac. N'importe quoi fait l'affaire… du moment que c'est vulgaire.

John fut obligé de sourire.

— Puisque tu es si futée, explique-moi un truc. Pourquoi tu ne vois pas que Harold cherche à nous faire gober n'importe quoi ?

Linda retrouva son sérieux. Elle se pencha vers lui et plongea son regard dans le sien.

— Justement, je vois. Je vois depuis longtemps, bien avant mon arrivée ici. Crois-moi, ce n'est pas n'importe quoi, comme tu dis.

— Comment ça, tu vois depuis longtemps ? demanda John, intrigué.

— J'ai des visions. Tu as entendu le Guérisseur. Nous sommes tous des Visionnaires ici, expliqua-t-elle, désignant les autres d'un large geste de la main. Il nous a guidés jusqu'à Lui pour une raison bien précise.

Quelques-uns approuvèrent d'un hochement de tête. John se tourna vers Julia. « Ça ne coûte rien d'écouter », voilà ce que semblait dire son regard.

— Dans tes visions, tu as vu Harold ? demanda-t-il à Linda. Tu as vu son visage ?

— Sinon, je ne serais pas ici, répondit-elle avec gravité.

— Eh ! vous autres ? lança-t-il à la cantonade. Vous avez vu Harold ?

Quelques-uns secouèrent la tête. D'autres échangèrent des regards indécis. Visiblement, personne n'avait envie de se mouiller.

— Moi, en tout cas, c'est pas Harold que je vois, poursuivit John devant leur silence embarrassé. Je suis au courant de l'existence de l'Élue, même si je ne sais pas qui c'est. Mais je suis *sûr* d'une chose : c'est une nana. J'veux dire une gonz... euh... enfin bon, une fille quoi, s'empressa-t-il de corriger.

Un adolescent à l'air mollasson et aux yeux bruns tombants s'éclaircit la gorge.

— Je peux pas expliquer pourquoi, mais c'est aussi ce que je pense.

— Moi aussi, renchérit une fille.

En quelques secondes, tout le monde approuva avec conviction, sauf Linda.

— Comment expliques-tu que tu sois seule à avoir vu Harold ? lui demanda John avec un froncement de sourcils.

— Je l'ignore, mais j'ai une théorie. Le Démon… ça te dit quelque chose ?

Le Démon… Bien sûr que ça lui disait quelque chose. Mais il avait espéré que personne ne le mettrait sur le tapis. Rien que le mot le rendait nerveux.

— Je crois qu'il est tout près, continua Linda. Ici, sur Terre. Peut-être même dans ce pays.

— Moi aussi, approuva Julia dans un souffle.

— Pareil, dit le mollasson. Je sais que le Démon est ici. Et que c'est une fille de notre âge. Dans une de mes visions, j'arrive presque à la voir, mais elle me met un bandeau sur les yeux.

John fourragea dans sa tignasse. Il savait exactement de quoi ce type parlait. Dans ses propres visions, la présence du Démon était presque palpable. Mais quel rapport avec cet arnaqueur de Wurf ?

— Et alors ? demanda-t-il.

— À mon avis, le Démon essaie de nous embrouiller, déclara Linda. Ou pire encore…

Tous la dévisagèrent avec une curiosité mêlée d'inquiétude. Elle hésita, pianotant sur ses genoux avec nervosité.

— Je n'avais pas l'intention d'en parler, finit-elle par dire avec réticence, mais il m'est arrivé quelque chose avant d'arriver ici. C'était dans le Tennessee. Il pleuvait à verse et j'ai dû chercher un abri. Je me suis retrouvée dans une vieille maison habitée par un groupe de filles. Elles m'ont demandé si j'avais des visions. J'ai répondu oui. Avant de les rencontrer, j'avais l'impression de devenir folle. J'ignorais qu'il y avait d'autres personnes comme moi. J'étais si soulagée que je leur ai tout raconté. Je leur ai parlé de l'Élu, de ce que je voyais…

Une boule se forma dans la gorge de John. C'était comme s'il connaissait à l'avance chaque mot que prononçait Linda.

— Elles ont essayé de te tuer, hein ? murmura-t-il, mal à l'aise.

Linda baissa les yeux et fixa ses genoux.

— Oui, finit-elle par admettre. J'ai été forcée de me défendre. C'était… horrible. À mon avis, ces filles ont peut-être un rapport avec le Démon.

— Tu as sans doute raison, répondit John après réflexion, mais que vient faire Harold dans tout ça ? Si ça se trouve, il a un rapport avec le Démon, lui aussi. Et si c'était *ton* esprit qui était embrouillé ?

Il prit la main de Julia.

— Écoute, il nous est arrivé la même chose, à tous les deux. Nous aussi, on s'est retrouvés dans une maison pleine de filles déjantées. La leçon qu'on en a tiré, c'est qu'on peut faire confiance à personne. Et aussi qu'il faut pas rester au même endroit. Encore moins maintenant, si le Démon est sur Terre. Il faut bouger tout le temps.

— Ah oui ? Et les incendies ? objecta Linda. Ils bloquent toutes les routes sauf celles qui mènent ici. Comment expliques-tu ça ?

John se tassa sur sa chaise.

— J'en sais rien…

— Moi non plus, mais si tu veux mon avis, ces feux sont comme des balises qui forment un labyrinthe. Et ce labyrinthe conduit à l'Élu. Crois-moi, si Harold était un imposteur ou un type dangereux, je serais la première à partir. Mais ici, nous sommes en sécurité, continua-t-elle avec conviction en se redressant sur le bord de sa chaise. Personne ne nous veut de mal. Harold nous invite à lui parler de nos visions. Il nous nourrit. Il ne nous impose rien. Tout le monde l'a vu accomplir des miracles. Et si on part, qu'est-ce qui te dit qu'on ne va pas retomber entre les griffes de ces horribles filles ?

John ne sut que répondre. Il aurait aimé pouvoir la contredire, mais les arguments de Linda étaient imparables. Même s'il s'ennuyait à mourir dans ce trou, au moins il y était à l'abri. Partout ailleurs, il y avait danger de mort. Julia et lui en savaient quelque chose. Et puis, si le Démon était proche, les chances de survie étaient supérieures en groupe. Tout au moins l'espérait-il…

— Elle a raison, John, murmura Julia en lui caressant la main.

— Je sais.

Il sonda son regard. Julia voulait rester, c'était clair. Et quand il avait une décision à prendre, elle passait avant tout. Puisqu'elle y tenait tant, pourquoi ne pas essayer de la boucler et de rester quelques jours de plus ici ? De toute façon, ça ne changerait pas grand-chose…

CHAPITRE DIX
Avril

Seattle, Washington.
Aube du 26 avril.

A RIEL bâilla à s'en décrocher la mâchoire. Allongée sur
le dos, les yeux fermés, elle baignait dans une chaleur
délicieuse. La colère, le chagrin et la solitude s'étaient
envolés comme un mauvais rêve. Elle avait réussi à oublier
cette voleuse de Leslie et la fille bizarre qui s'était désintégrée
sous ses yeux. Et Caleb… Même lui, elle l'avait oublié. Enfin
presque.

Depuis combien de nuits se soûlait-elle à tomber raide ?
Impossible à dire. Et puis ça n'avait pas d'importance. Elle se
laissa bercer par le crépitement rassurant du feu. Les flammes
toutes proches l'enveloppaient comme une douillette couver-
ture invisible. Elle pensa à Brian, quelque part dans son bus de
barjos. Il devait regretter à mort. Mal joué, Brian, se dit-elle avec
un sourire ironique, t'aurais mieux fait de rester avec moi…

— Eh, Ariel ! Tire-toi de là !

Ariel fit une grimace. Pourquoi cette fille lui braillait-elle
dessus ? D'où sortait-elle ? Elle avait l'air loin. Très loin.

— Tu m'entends ? Il faut sortir ! Vite !

Est-ce que j'entends des voix ? se demanda-t-elle, intri-
guée. Les cris affolés étaient trop lointains pour être vrais.

— Tu m'entends ? Magne-toi, bon Dieu !

Évidemment, je t'entends, banane, pensa Ariel, agacée.

— Eh ! Vite ! Il faut se barrer !

Elle soupira. Si cette fille ne…

Un truc âcre et brûlant envahit ses poumons. Elle fut prise d'une violente quinte de toux. Bizarre. Qu'est-ce qui lui arrivait tout d'un coup ? Des lumières rouges dansaient derrière ses paupières closes. Elle avait l'impression que son crâne était un ballon de baudruche qui décollait lentement du sol. Elle voulut ouvrir les yeux, mais ne trouva pas l'énergie. Bof, tant pis.

— Viens ! Lève-toi !

Il y eut un bruit de verre brisé. Lointain, comme la voix de la fille. Quelqu'un avait balancé une pierre dans une vitre ? Pourquoi ? Décidément, il se passait des trucs pas nets. Elle ne comprenait rien. Elle avait l'impression de flotter vers cette drôle de mer rouge.

Soudain, elle réalisa qu'elle crevait de chaud. Et puis où était-elle d'abord ? Dans le hall de l'immeuble administratif ? Elle croyait s'être effondrée dans la salle de conférences du Sheraton. Mais elle n'était sûre de rien.

Une nouvelle bouffée suffocante lui agressa les bronches. Elle toussa de plus belle. Elle commençait à manquer d'air. Mais la peur elle-même demeurait à distance, aux confins de son esprit. Et ses yeux s'obstinaient à rester fermés, comme déconnectés du reste de son corps. Elle perçut des martèlements de pas.

— Nom de Dieu ! fit une voix au-dessus d'elle.

Ariel sentit des doigts pointus lui chatouiller le dos. Elle en oublia aussitôt sa peur et faillit pouffer de rire. Son corps se balança d'avant en arrière à plusieurs reprises, puis elle se sentit soulevée. Oh ! non ! On l'éloignait de cette merveilleuse chaleur… Quelque chose la maintenait en l'air. Son corps ballottait étrangement dans le vide. Le vent lui fouettait le visage. Elle frissonna. Est-ce qu'elle allait tomber ? Aïe, oui. Elle atterrit brutalement sur quelque chose de froid et de mouillé. Elle réalisa soudain qu'elle se gelait les fesses. Ras le bol ! Qu'est-ce qui se passait à la fin ?

Au même instant, des lèvres humides s'écrasèrent sur les siennes. Une haleine chaude et moite lui emplit la bouche. Au secours ! Quelqu'un essayait de lui rouler une pelle ! Et en plus, ça avait un goût de poisson pourri et de tomate ! Son sang ne fit qu'un tour. Elle enfonça les mains dans un ventre plat et ferme et le repoussa de toutes ses forces en crachant. Quel goût infect ! Elle était folle de rage. De tous les trucs immondes qui…

— Ça va ? fit soudain une voix haletante.

Ariel ouvrit brusquement les yeux. Elle connaissait cette voix…

— Leslie ! hurla-t-elle, horrifiée.

C'était bien Leslie ! Ariel fut secouée d'un tremblement de répulsion. Qu'est-ce qui lui prenait ? Jamais elle n'aurait imaginé que… Elle se recroquevilla, écœurée. C'était du viol, ni plus ni moins.

— Ça va ? insista Leslie, s'efforçant de reprendre son souffle.

Elle avait le visage baigné de sueur et les cheveux plaqués contre ses joues en longues mèches humides. Une vraie tronche de détraquée.

— Non, ça ne va pas ! Ne me touche pas ! Si tu t'approches encore de moi, je te jure, je te tue !

Leslie secoua la tête, un petit sourire aux lèvres. Ariel frissonna. Cette fille était complètement frappée.

103

À cet instant, elle remarqua que la peau de Leslie avait des reflets orangés changeants. Il y a un truc qui m'échappe, se dit-elle, désemparée. Le soleil était déjà levé ? Quelle heure était-il donc ? Elle se croyait pourtant encore au milieu de la nuit. Il lui fallut un moment pour réaliser qu'elle se trouvait sur un trottoir envahi d'herbes folles, cernée de gratte-ciel, et qu'autour d'elle, ce n'était que hurlements et cavalcades. Qu'est-ce qui se passait ?

— Tu sais ce que je viens de faire ? lui demanda Leslie avec son sourire inquiétant.

Ariel fronça les sourcils. Ce que tu viens de faire ? Tu as essayé de m'embrasser, espèce de tarée, songea-t-elle, plus dégoûtée que jamais.

— Regarde derrière toi, lui ordonna Leslie.

Ariel n'osa pas bouger. Si cette perverse lui jouait une sale blague, ça n'avait rien de drôle. Rien du tout. Non seulement elle lui sautait dessus, mais en plus elle s'amusait à lui foutre la trouille. Bravo.

— Laisse tomber, marmonna Leslie, qui leva les yeux au ciel et se redressa. Et surtout ne me remercie pas.

Ariel prit son courage à deux mains et se décida à regarder par-dessus son épaule. Elle réprima un hurlement de terreur. Non ! C'était impossible !

Une muraille de feu se dressait devant elle. Les six premiers étages du Sheraton étaient en flammes. Une épaisse fumée noire s'échappait des vitres soufflées, plongeant la rue dans un brouillard irrespirable. L'hôtel n'était plus qu'un brasier infernal, et elle avait failli y rester !

— Juste pour ton information, les filles, c'est pas mon truc, dit Leslie d'un ton sec. Je te faisais du bouche-à-bouche, c'est tout. Je préfère les mecs.

Hébétée, Ariel se retourna vers Leslie. À la répulsion et à l'indignation se mêlaient maintenant la peur et l'incompréhension. Son cerveau embrumé par l'alcool était incapable de trouver la moindre réponse cohérente au chaos ambiant.

— Pas de bol, bougonna Leslie en contemplant l'incendie d'un air flegmatique. Je me plaisais bien dans cet hôtel.

Elle soupira, puis se mit à rire.

— Enfin bon, qu'est-ce qu'on peut y faire, hein ? C'est la vie.

Ariel ne pouvait détacher les yeux de Leslie.

— Tu… tu m'as sortie de là ? croassa-t-elle avec incrédulité.

Leslie haussa les épaules.

— Ben oui. J'adore ton collier. Ça m'aurait fait mal qu'il disparaisse dans l'incendie.

Ariel mit un moment avant de comprendre. Elle baissa les yeux. L'affreux pendentif était toujours à son cou. Pourquoi ne s'en était-elle pas débarrassée ? Il devait bien y avoir une raison, mais laquelle ? C'était sans doute histoire de montrer à Leslie et à Caleb qu'il faut respecter les morts, même les barjos comme cette fille…

— Je plaisantais, poursuivit Leslie avec un sourire en coin. Tu sais, on ne dirait pas, mais tu pèses ton poids. T'as jamais pensé à Ultra Slim-Fast ?

Ultra Slim-Fast ? Ariel la dévisagea avec hébétude. Décidément, elle ne comprenait rien à ce que cette fille lui racontait. Elle lui avait sauvé la vie ? Elle n'arrivait pas à le croire.

À l'instant où elle ouvrait la bouche pour demander une explication, le sourire de Leslie céda la place à l'affolement. Sans un mot, elle s'élança vers l'hôtel.

— Attends ! hurla Ariel. Qu'est-ce qui t'arrive ?

Leslie fonçait droit vers les flammes, les yeux rivés sur une fenêtre du cinquième étage. Soudain, la vitre vola en éclats, laissant échapper un torrent de fumée noire. Pétrifiée, Ariel vit deux bras jaillir par l'ouverture. Presque aussitôt, un corps bascula dans le vide et vint se fracasser sur le trottoir, devant la porte de l'hôtel. Horrifiée, Ariel fut prise d'une violente nausée. Malgré la fumée et les gens qui couraient en tous sens, elle voyait le sang…

Leslie se précipita vers le corps désarticulé et se laissa tomber à genoux.

— Jared !

Jared ? Ariel eut l'impression que son cœur s'arrêtait. Elle ne l'avait même pas reconnu. Jared… Le meilleur ami de Caleb. Son ami à elle aussi. Et à présent, il était mort.

Sans Leslie, j'y serais restée aussi, réalisa-t-elle soudain.

— Caleb ! hurla Leslie, affolée, serrant contre elle le corps sans vie de Jared. Caleb ! Où es-tu ?

Ariel faillit tourner de l'œil. Oh ! non ! Caleb était encore à l'intérieur ! Elle voulut se relever, mais une nuée d'étoiles pourpres dansèrent devant ses yeux et elle retomba lourdement sur les genoux.

— Caleb ! appela de nouveau Leslie, au désespoir.

Une silhouette dégingandée surgit soudain de la fumée. Malgré son état de choc, Ariel reconnut aussitôt Caleb. Il était vivant, Dieu merci ! Il courut d'un pas chancelant vers Leslie, la prit par les épaules et l'éloigna avec douceur du corps de Jared.

— Eh ! Par ici ! cria Ariel d'une voix désespérée.

Caleb tourna brusquement la tête dans sa direction.

— Ariel ?

Au soulagement d'Ariel, il vint vers elle, entraînant Leslie. Il se laissa tomber à genoux dans l'herbe.

— Il faut se barrer d'ici, lâcha-t-il, le souffle court. Toute la ville est en train de cramer.

Pour la première fois, Ariel lut la peur dans le regard de Leslie.

— Qu'est-ce qui se passe ? Comment ça a commencé ? demanda celle-ci avec affolement.

— Je n'en ai pas la moindre idée. Tout ce que je sais, c'est qu'il faut se casser vite fait.

Ariel hocha la tête.

— Je... je sais où on peut aller, s'entendit-elle dire. C'est pas très loin d'ici. Une trentaine de kilomètres. On y sera en quelques jours.

— Où ça ? demandèrent Caleb et Leslie d'une seule voix.

Là d'où elle était partie. Babylon.

Cette idée qui, hier encore, lui aurait paru insensée s'était imposée à elle. Oui, le moment était venu d'affronter Trevor. Après tout, il était son frère. Elle n'avait plus que lui au monde. Elle n'avait rien à faire à Seattle. La ville ne serait bientôt plus qu'un amas de cendres. Depuis leur dernière dispute, Trevor avait peut-être changé. Peut-être qu'il regrettait. Et malgré sa trahison, Jezebel lui avait dit une fois qu'elles formaient une famille. Avec la cuite que Jez tenait ce soir-là, elle était forcément sincère.

— Où ça, Ariel ? insista Caleb.

Elle prit une profonde inspiration.

— Chez moi, à Babylon.

CHAPITRE ONZE

A v r i l

Le Joyau des mers,
au large de la Crète.
Matin du 28 avril.

*L*A mort la courtisera, lui fera miroiter le repos éternel…
Recroquevillée sur le sol métallique froid, Sarah avait les yeux rivés sur le parchemin. Une larme roula le long de sa joue. Elle ne la remarqua qu'au moment où elle s'écrasa sur le papier jauni, diluant l'encre noire.

Depuis combien de temps lisait-elle cette phrase ? Des heures sûrement. Elle avait perdu toute notion du temps. Tout ce qu'elle savait, c'était que jamais cette prophétie ne lui avait semblé plus *exacte*, plus *personnelle*. Oui, la mort était bien tentante. Elle mettrait fin au supplice, à cette douleur qui vrillait chaque parcelle de son corps exténué. Elle la délivrerait de l'insupportable puanteur qui régnait dans cette cale bondée où elle croupissait sous la lumière permanente des néons, perdue au milieu de la centaine de mômes pitoyables qui avaient osé tenir tête aux soldats ou seulement tiré le mauvais numéro…

Suis-je l'Élue ? hurlait-elle dans une supplique muette au parchemin. Réponds-moi !

Cette incertitude était la pire des tortures. Il lui fallait une preuve irréfutable, un ultime miracle qui chasserait ses derniers doutes. Parce que si elle *n'était pas* l'Élue, si elle était une fille comme les autres… alors sa conscience serait libérée de ce terrible fardeau et elle pourrait mourir en paix. Qu'elle vive ou qu'elle meure, quelle importance ?

— *Wuk is dat ?* fit une voix gutturale juste à côté d'elle.

Sarah sursauta et leva les yeux du parchemin. Un blond famélique au regard de fouine la dévisageait avec curiosité. Il désigna le rouleau d'un doigt crasseux.

— *Dat kallut, wuk is't ?*

— Je… je ne comprends pas, bredouilla Sarah.

— Toi, américaine ? demanda-t-il avec un rictus dédaigneux.

Sarah garda le silence, sur la défensive. Ce type avait une expression inquiétante. Un mélange de désespoir et d'agressivité. Il pouvait très bien lui sauter dessus et l'étrangler sans qu'elle puisse se défendre. Derrière cette lourde porte d'acier, ils étaient comme des fauves en cage. Le pire pouvait arriver. Et même si elle hurlait, pas un soldat ne lèverait le petit doigt pour lui venir en aide. Elle observa un instant les autres prisonniers vautrés sur le sol humide, discutant entre eux à voix basse. Et ceux-là, interviendraient-ils ? Sans doute que non.

Un frisson lui parcourut l'échine. Elle songea au martyre des esclaves sur les vaisseaux négriers. Parqués à fond de cale comme du vulgaire bétail, dépossédés de toute dignité, sans espoir… Et bientôt nous allons tous nous retrouver sur cette île perdue, se dit-elle, au désespoir. C'était comme une condamnation à mort. Jamais elle ne reverrait les États-Unis. Jamais elle ne retrouverait ses parents.

L'adolescent marmonna un truc incompréhensible d'un air mauvais, sans doute une injure, et s'éloigna d'un pas traînant. De soulagement, Sarah laissa pendre sa tête entre ses genoux et éclata en sanglots incontrôlables. Elle autrefois si forte, si pleine d'assurance... Dans un sursaut de volonté, elle ravala ses larmes et se replongea dans la lecture du parchemin. Les prophéties semblaient se moquer d'elle.

Un faux prophète s'élèvera dans le Nouveau Monde.

Le Nouveau Monde... Il s'agissait sans doute des États-Unis. Mais comment en avoir le cœur net ?

Le Démon revêtira une forme humaine et s'avancera parmi les justes et les malfaisants.

Sarah essuya ses joues mouillées de larmes. Elle frissonna, en proie à une angoisse sourde. Jamais elle ne pourrait mettre ses semblables en garde contre sa venue. *Revêtira une forme humaine...* Qu'est-ce que ça voulait dire ? Que le Démon allait posséder quelqu'un ? Qu'il se glisserait dans l'enveloppe charnelle d'un être humain à l'insu de celui-ci, ou peut-être avec son assentiment ? Qui était ce Démon, l'ennemi juré de l'Élue ?

Son seul espoir était de déchiffrer le code. Mais par où commencer ? Tout ce qu'elle savait, c'était que ce code avait un rapport avec le charabia à la fin de chaque prophétie. Sinon, comment expliquer la présence de ces phrases ? Les dates jouaient sans doute aussi un rôle, puisqu'elles étaient inscrites dans de petits paragraphes et non dans le texte principal. Mais lequel ? Mystère ! De toute façon, même au meilleur de sa forme, elle avait toujours détesté les cryptogrammes. Dans la famille, c'était Josh qui avait la bosse des maths.

Aïe, le blond regardait à nouveau dans sa direction. Il fit deux pas vers elle, puis s'arrêta net et lorgna du côté de la porte, le front plissé.

— *Zwyt, alleman !* cria-t-il. *Hurt !*

Sarah jeta un regard inquiet vers la porte, puis reporta son attention sur l'adolescent, l'estomac noué par l'angoisse. Qu'est-ce qu'il lui voulait ?

Soudain, elle entendit du bruit dans la coursive. Un raclement de pas. Oh ! non ! songea-t-elle avec affolement. Ce malade avait alerté les gardes ! Et s'il l'accusait ? Et si les soldats la jetaient par-dessus bord !

Une clé tourna dans la serrure. Sarah retint son souffle. La lourde porte d'acier pivota sur ses gonds dans un grincement métallique. Une tête passa dans l'entrebâillement.

— Sarah ?

Elle faillit pousser un cri. C'était Ibrahim. Il avait l'air terrorisé.

— Viens avec moi ! Vite !

Dans un sursaut d'énergie dont elle ne se serait pas crue capable, Sarah saisit le parchemin et se précipita vers la porte. Le blond lui cria quelque chose, mais ses vociférations furent étouffées par le claquement de la porte.

— Nous n'avons pas beaucoup de temps, murmura Ibrahim, lançant un regard inquiet à droite et à gauche dans la coursive sombre.

— Comment as-tu fait… pour arriver… jusqu'ici ? demanda Sarah qui avait du mal à parler tant son cœur battait vite.

— Aviva a volé ce passe à l'un des gardes, lui souffla Ibrahim en lui montrant la petite clé qu'il tenait dans le creux de sa main.

— Aviva ?

Ibrahim hocha la tête et entraîna Sarah sur la gauche, vers une porte de cabine close.

— Elle aussi a des visions, Sarah. Elle connaît l'existence de l'Élue et dit que la venue du Démon est proche. Il doit apparaître très bientôt. C'est une question de jours.

— Je… je ne comprends pas, bafouilla Sarah, épuisée. Comment sait-elle que…?

— Chut ! Je t'expliquerai plus tard. Pour l'instant, il faut te trouver une cachette et rendre le passe au garde avant qu'il ne remarque sa disparition.

Il s'arrêta devant la porte et tenta de glisser la clé dans la serrure. Mais ses mains tremblaient trop.

— Qui va là ! fit soudain une voix derrière eux.

La main d'Ibrahim se figea. Sarah sursauta violemment. Elle connaissait cette voix.

Les pas se rapprochèrent. Elle se retourna. C'était le soldat anglais qui avait assommé Ibrahim, flanqué de son inévitable acolyte allemand. Tous deux avaient leur mitraillette au poing. Sarah s'affaissa contre la porte. Ses jambes se dérobaient sous elle.

— Tiens, tiens… on se promène sans permission ? continua l'Anglais qui s'arrêta à quelques mètres et braqua son arme sur Sarah, à hauteur du cœur, l'œil rivé sur le viseur.

Ibrahim fit un pas vers les soldats, les mains jointes.

— Je vous en supplie, dit-il d'une voix tremblante. Nous ne voulons causer aucun désagrément. Mais vous ne nous laissez pas le choix. Mon amie est quelqu'un de très particulier. Vous devez comprendre que…

Le soldat anglais éclata de rire.

— Tu entends ça, Ulrich ? Mademoiselle est… très particulière !

Son collègue s'esclaffa. Les mains crispées sur les baguettes du parchemin, Sarah ne pouvait détacher les yeux de la mitraillette. La plus légère pression sur la détente et c'était fini.

— Explique-nous donc ce que ta copine a de si particulier. Ça m'intéresse, reprit le soldat anglais d'un air narquois.

— Elle a été envoyée pour mettre fin à l'épidémie, déclara Ibrahim avec gravité.

Sarah le regarda avec stupéfaction. Où avait-il été pêcher un truc pareil ?

— Ah oui ? Et par qui ? demanda le soldat.

— Tout… tout est écrit dans ce parchemin, répondit Ibrahim. Une prophétie annonçait sa venue et aussi la fin du déluge. Croyez-moi, c'est…

— Ça suffit ! le coupa l'Anglais qui toisa Sarah avec incrédulité. C'est vrai ? Tu as été envoyée pour stopper l'épidémie ?

Sarah secoua la tête.

— Je… euh… non, mais voyez-vous…

— Comment ça, non ? Ton ami ici présent prétend que c'est dans ce parchemin.

Il prit son arme dans une main et s'avança vers elle.

— Donne-moi ça. Je veux voir ce que ça raconte.

Instinctivement, Sarah serra le parchemin contre elle.

— *Schnell, schnell*, intervint le soldat allemand, poussant son collègue du coude.

L'Anglais hocha la tête avec un soupir. Il plongea la main dans une poche de son treillis et en sortit un bâtonnet métallique.

— La politique à bord est de détruire les détritus, annonça-t-il laconiquement.

Du pouce, il actionna un minuscule interrupteur et une flamme rosée jaillit de l'extrémité de l'engin dans une gerbe d'étincelles. Un lance-flammes miniature !

— Non ! hurla Sarah qui se recroquevilla contre la porte, étreignant le parchemin de toutes ses forces. Vous ne pouvez pas faire ça !

— On parie ?

Le soldat s'avança vers elle. Paniquée, Sarah voulut s'élancer dans la coursive, mais il lui fit un croc-en-jambe et elle s'étala de tout son long. Le parchemin lui échappa des mains. Elle rampa pour tenter de le récupérer.

— Non ! Non ! Vous n'avez pas le droit !

— *Maul zu !* aboya le soldat allemand qui lui fourra le canon de sa mitraillette sous le nez.

Le sang de Sarah se glaça dans ses veines. Le soldat anglais s'approcha à pas lents du parchemin et le ramassa.

— Bye-bye, murmura-t-il en approchant la flamme du rouleau de papier jauni.

En quelques secondes, le parchemin fut dévoré par le feu. Sarah voulut hurler, mais aucun son ne sortit de sa bouche. Ces types étaient fous ! Comment avaient-ils pu…?

Soudain, elle écarquilla les yeux, médusée. Un phénomène incroyable était en train de se produire.

Le parchemin était la proie des flammes… mais *il ne se consumait pas.* C'était hallucinant ! Le papier ne noircissait même pas. Les petits caractères tracés à l'encre étaient encore visibles à travers le rideau de feu. Une panique intense envahit Sarah. Comment un tel miracle était-il possible ?

À cet instant, les flammes s'éteignirent d'un seul coup dans un petit nuage de fumée grise.

Le parchemin était encore sur le sol. Intact.

CHAPITRE DOUZE

Avril

Institut de technologie de Washington,
Babylon, Washington.
Après-midi du 27 avril.

— POURQUOI tu me fais ça ? geignit l'adolescent d'un ton implorant. Laisse-moi sortir ! Il faut que je parte, je te jure !

Trevor lisait la peur dans le regard du garçon. Heureusement, ils étaient séparés par une épaisse porte métallique percée d'une lucarne en verre Securit. Non pas que le sujet semblât particulièrement violent, mais Trevor savait d'expérience que le plus docile des malades mentaux pouvait se révéler… imprévisible.

L'adolescent s'était mis à tourner comme un lion en cage dans la salle de cours stérile. Il se grattait convulsivement les bras à travers les manches de son pyjama.

— Laisse-moi sortir ! hurla-t-il de plus belle. T'as pas le droit de faire ça ! L'Élu a besoin de moi !

Arrête, tu te fais du mal pour rien, le sermonna intérieurement Trevor en repoussant une mèche qui lui tombait dans les yeux.

— Je te hais, espèce de salaud ! lui lança le garçon avec hargne. T'es complètement frappé, sale ordure !

Ah !… les merveilleux effets de la panique. Ça commençait par les injures, puis suivait un déchaînement de violence et ensuite… l'issue était rapide. Trevor jeta un coup d'œil à sa montre digitale. Le sujet était enfermé depuis exactement cinq heures, quarante-trois minutes et dix-huit secondes. Pas mal. Beaucoup mieux que le cas précédent. Cette pauvre fille… Elle avait été prise d'une crise d'hystérie au bout d'une heure seulement et s'était désintégrée moins d'un quart d'heure après.

L'adolescent se planta devant la porte et plongea un regard assassin dans celui de Trevor.

— Il faut que j'aille à la rivière, marmonna-t-il entre ses dents. L'Élu a besoin de moi là-bas !

Trevor secoua la tête d'un air navré. Encore et toujours l'Élu… Malgré les nombreux cas qu'il avait pu observer, cet étrange fantasme collectif continuait de le stupéfier. Il l'avait baptisé le « syndrome de l'Élu ». Chaque cas était différent, mais le schéma demeurait identique : la victime prétendait avoir des visions, se mettait à délirer. Et d'un seul coup, une pulsion irrésistible la forçait à accomplir une tâche pour le compte de ce fameux « Élu ». Bien souvent, cette tâche était insignifiante. Mais s'il en était empêché, le sujet ne tardait pas à se désintégrer. Si on le laissait partir, il s'enfuyait à toutes jambes et on ne le revoyait jamais.

Incroyable.

Après trois mois d'une étude scientifique minutieuse, Trevor n'était pas plus avancé. Il ne savait toujours rien sur les causes du syndrome, ou de l'épidémie d'ailleurs, et n'avait pas progressé d'un pouce dans la mise au point d'un remède. Il avait pourtant l'intime conviction que ces deux maladies étaient liées. Mais comment ? Il ne pouvait donc que poursuivre ses observations et ses expérimentations, tandis que chaque jour

118

qui s'écoulait le rapprochait inexorablement de son vingt et unième anniversaire.

Au moins, il ne manquait pas de cobayes. Il en arrivait au minimum un par jour au campus. Cet endroit semblait les attirer comme un aimant. Mais après tout, quoi d'étonnant ? songea Trevor. Il dirigeait une minisociété autosuffisante sans crime et sans drogue. Une première dans toute l'histoire de l'humanité. L'utopie était devenue réalité. Il avait créé un paradis au cœur du chaos. La rumeur avait dû se répandre...

— Trevor ? fit soudain une voix au bout du couloir.

— Qu'est-ce qu'il y a ? demanda Trevor, les yeux toujours rivés sur la lucarne.

— Euh... je crois que tu ferais mieux de venir.

Trevor se renfrogna. C'était Barney, son homme de confiance, un ancien camarade de promotion. Barney savait pourtant qu'il ne fallait le déranger sous aucun prétexte lors d'une expérience.

— Je suis occupé, répondit-il d'un ton brusque.

— Il s'agit de Jezebel.

Trevor lui lança un regard glacial.

— Qu'est-ce qu'il lui arrive ?

Barney haussa les épaules, son visage de fouine plissé d'inquiétude.

— Tu devrais venir voir par toi-même. Elle est dans une chambre du bâtiment 2. Elle ne se sent... euh... pas bien.

Qu'avait-elle encore inventé ? se demanda Trevor avec une grimace agacée. Jezebel avait *toujours* mal quelque part. Elle se plaignait à longueur de temps. Si ce n'était pas un rhume, c'était une migraine. Il rejoignit Barney à contrecœur.

— Ça a intérêt à être sérieux, grommela-t-il. Le sujet peut se désintégrer d'une minute à l'autre.

Barney s'effaça pour le laisser passer.

— Je vais le garder à l'œil à l'écran. S'il commence à...

— A-t-elle demandé de l'aide ? l'interrompit Trevor avec impatience.

Il franchit le seuil d'une pièce spacieuse plongée dans la pénombre. La seule source lumineuse provenait des écrans bleutés des téléviseurs qui tapissaient tout un mur. Il y en avait quatre-vingts, disposés en cinq carrés de seize.

À son entrée, une dizaine d'adolescents se mirent au garde-à-vous. Sa milice personnelle. Ils étaient tous armés de fusils. Comme Barney, ils l'avaient aidé à construire cet endroit. Il avait en eux une confiance absolue.

— Alors ? insista-t-il.

— Pas aussi explicitement, répondit Barney, sur ses talons.

Le regard de Trevor parcourut la muraille des écrans à la recherche de la longue crinière noir corbeau de Jezebel. Malgré son agacement, il aimait venir ici. Cette salle de contrôle était sa grande fierté. Sans ces installations, jamais il ne réussirait à maintenir la stricte discipline indispensable au bon fonctionnement du campus.

De cette salle, ses amis et lui contrôlaient tous les faits et gestes sans interruption. Il avait truffé de caméras vidéo chaque salle des trois bâtiments en état de marche, même les salles de bains et les toilettes. Trois semaines de travail, des kilomètres de câble et d'innombrables allers-retours au magasin d'électronique du centre commercial d'Old Pine... Mais ses efforts avaient été récompensés. Il régnait désormais en maître sur l'institut. Rien ne pouvait lui échapper. Cependant, il ne prenait pas les résidants en traître. Ceux-ci étaient prévenus de cette surveillance permanente. Vingt-quatre heures sur vingt-quatre, sept jours sur sept.

— La voilà, dit Barney, l'index pointé sur un écran dans le coin gauche, en bas de la grille centrale.

Trevor s'accroupit devant l'écran. Il fronça les sourcils. En effet, Jezebel avait un problème. Elle se tordait sur son lit, en slip et soutien-gorge, et se tirait les cheveux en poussant des cris rauques. Sa peau était encore plus pâle que d'habitude. Une pâleur cadavérique.

— Depuis combien de temps est-elle dans cet état ? demanda-t-il, préoccupé.

— Je l'ai remarquée il y a une dizaine de minutes, répondit Barney.

S'agissait-il du syndrome de l'Élu ? Non. Pas Jezebel. Il aurait remarqué des symptômes. Trevor se pencha vers l'écran et augmenta le volume. Les hurlements suraigus de Jezebel firent vibrer le petit haut-parleur.

— ... et je sais que tu me mates ! Toi et tes sales voyeurs de copains ! Mais ce n'est plus moi que vous voyez, les mecs !

Elle éclata d'un rire hystérique et fit volte-face vers la caméra.

— Vous matez quelqu'un d'autre ! Quelqu'un qui vous échappe complètement !

Trevor frissonna. De quoi souffrait donc Jezebel ? Il s'humecta les lèvres avec nervosité. Avait-elle mis la main sur de la drogue ? Sûrement, pour péter les plombs à ce point. Mais comment ? C'était impossible. Il faisait fusiller les dealers sur-le-champ. Personne ne prendrait le risque d'introduire de la drogue sur le campus.

La seule explication plausible, c'était une dépression nerveuse d'une extrême brutalité. Trevor soupira. Après toutes ces années passées à baver devant cette fille, après l'avoir enfin convaincue de sortir avec lui, voilà qu'il se retrouvait avec une cinglée. Quelle injustice !

— Je vais venir te prendre ! vociféra-t-elle. Je vais venir te prendre !

— Qu'est-ce qu'on fait ? cria Barney par-dessus le vacarme.

— Je… euh… je crois qu'il faut lui administrer un sédatif, bafouilla Trevor.

— Ne rentre pas dans cette pièce ! hurla Jezebel à la caméra. N'y songe même pas !

Trevor en resta sidéré. Comment avait-elle pu l'entendre ? Elle se trouvait dans un autre bâtiment ! Il fallait intervenir vite !

Les yeux noirs de Jezebel transpercèrent les siens par caméra interposée.

— Je sais ce que tu penses, Trevor Collins, dit-elle d'une voix grave qui semblait sortir de ses entrailles. Tu penses : « Qu'est-il arrivé à la pauvre Jezebel ? »

Un sourire machiavélique déforma ses traits, dévoilant ses dents blanches.

— Eh bien, Jezebel n'est plus là. C'est moi qui ai pris sa place.

— Trevor ? intervint Barney d'une voix pressante. Vite, un sédatif !

Mais Trevor était incapable de réagir. Bouche bée devant l'écran, il ne pouvait que secouer la tête. S'il s'agissait d'une crise psychotique, cela ne ressemblait à aucun des cas qu'il connaissait. Et il en avait vu des tas avec tous ces mômes atteints du syndrome. La crise de Jezebel était d'une virulence inouïe.

Il était presque tenté de la croire. La fille qui se déchaînait devant lui *n'était pas* Jezebel.

Qui êtes-vous ? se surprit-il à penser.

Le sourire grimaçant de Jezebel s'élargit.

— N'aie crainte, Trevor, tu le découvriras. Mais alors il sera trop tard. Beaucoup trop tard !

**Vous avez survécu à avril ?
Vous allez bientôt le regretter...**

**Ne ratez pas le prochain épisode de
COMPTE À REBOURS
en vente le 23 avril 1999.**

Elle commença à lire tout haut, traduisant l'hébreu au fil de sa lecture :

— « Les prophètes seront déchirés par le doute. Certains d'entre eux renieront l'Élue devant sa propre face... et ceux-là périront. » C'est cela que tu veux ? Est-ce que tu veux mourir ?

Le garçon ne répondit pas, mais fut brusquement pris de convulsions. Du sang coula de son nez, de ses oreilles... Il ouvrit la bouche pour hurler, mais aucun son ne passa ses lèvres qui se liquéfièrent. Sur le pont du navire, il ne resta bientôt plus de lui qu'une flaque noire et gluante.

Sarah ne pouvait détacher ses yeux horrifiés de ce qui restait de son adversaire. Il n'a même pas eu le temps de me renier une deuxième fois, pensa-t-elle, effondrée. Elle savait que la prophétie s'accomplirait. Mais pas ainsi. Pas avec autant d'instantanéité et de... cruauté. Ce n'était pas son souhait ; elle ne voulait la mort de personne. Même pour prouver sa légitimité.

Mais l'heure n'était pas aux remords. Elle devait tirer partie de la situation. La soudaine désintégration du garçon avait accompli une chose essentielle : confirmer la vérité.

— Regardez bien, ordonna-t-elle avec gravité.

Elle parcourut d'un long regard le groupe à présent silencieux et terrifié.

— Vous en avez tous la preuve devant vos yeux. Je *suis* l'Élue.

5132

Composition Nord Compo
Achevé d'imprimer en Europe (Allemagne)
par Elsnerdruck à Berlin
le 26 février 1999
Dépôt légal : février 1999. ISBN 2-290-05132-2
Éditions J'ai lu
84, rue de Grenelle, 75007 Paris
Diffusion France et étranger : Flammarion